rowohlt
PAPERBACK

Virginie Despentes

Teen Spirit

Roman

Deutsch von Kerstin Krolak

Rowohlt Taschenbuch Verlag

Die Originalausgabe erschien 2002 unter dem Titel «Teen Spirit»
im Verlag Editions Grasset & Fasquelle, Paris

Deutsche Erstausgabe
Veröffentlicht im Rowohlt Taschenbuch Verlag GmbH,
Reinbek bei Hamburg, Mai 2003

Redaktion Olaf M. Roth

Umschlaggestaltung any.way, Hamburg
(Foto: Plain Picture)
Autorenfoto © Sophie Anquez
Satz Trinité PostScript (QuarkXPress)
bei KCS Buchholz/Nordheide
Druck und Bindung Clausen & Bosse, Leck
Printed in Germany
ISBN 3 499 23406 8

Die Schreibweise entspricht den Regeln
der neuen Rechtschreibung.

Erster Teil Ohne feste Wurzeln

«Und dann kommt man in ein Alter, in dem man Angst hat. Angst vor allem: vor einer Bindung, einem Hindernis, einem Störfaktor. Es dürstet einen förmlich nach dem Glück, aber man hat davor auch große Angst.»

Gustave Flaubert

Als das Telefon klingelte, zog ich gerade an einem fetten Joint und beglotzte die Arschbacken von Jennifer Lopez auf MTV. Ich ließ erst einmal den AB ran, musste damals einen Haufen Leute abwimmeln, die noch Geld von mir bekamen oder Übersetzungen. Die Kohle dafür hatte ich schon längst kassiert, doch abgegeben hatte ich sie nie. Oder man wollte mir nur einfach so die Zeit stehlen, mit mir über Sachen reden, die noch nicht einmal lustig waren.

Eine schöne Frauenstimme, echt edel, redete so 'n bisschen wie 'ne reiche Tussi. Hatte so eine besondere Art, die Silben zu betonen und jedes Wort klar und deutlich auszusprechen. Halt so wie die Leute labern, die wissen, dass ihnen eine bestimmte Redezeit zusteht und sie sich also ruhig umständlich ausdrücken dürfen. Auf der Stelle regte sich mein Schwanz. Bei der Stimme dachte man an Haute Couture, an parfümiertes Haar und an perfekt manikürte Hände:

«Guten Tag, ich heiße Alice Martin. Ich wollte eine Nachricht für Bruno hinterlassen. Ich weiß nicht, ob Ihnen mein Name etwas sagt, ich ...»

Es dauerte bloß zwei Sekunden, dann wusste ich wieder, wer sie war. Auch wenn mein Gedächtnis mich jüngste Geschehnisse auf der Stelle vergessen ließ, leistete es bei Erinnerungen aus meiner Jugend Präzisionsarbeit. Sogleich kam ich wieder superlocker drauf, schnappte mir den Telefonhörer und plauderte munter drauflos:

«Alice, Mädchen mit dem Seidenmund, na und ob ich mich erinnere!»

Noch während ich das sagte, dachte ich mir bereits, dass ich ihr damit tierisch auf die Nerven ging, doch mir machte es Spaß, so zu reden. Das Telefon gab mir eine Sicherheit, die ich unter vier Augen niemals gehabt hätte. Damals war ich als Ergebnis eines mehrjährigen Entwicklungsprozesses zum Klaustrophobiepatienten der übelsten Sorte mutiert. Seit fast zwei Jahren hatte ich die Wohnung nicht mehr verlassen, und abgesehen von Catherine, meiner Freundin, sah ich niemanden mehr, außer im Fernsehen. Die Leute waren zu einer Art abstrakter Einheit geworden, feindlich, doch leicht abzuwehren: Die Anrufe filtern oder den Hörer abnehmen und sich voll danebenbenehmen genügte völlig, um seine Ruhe zu haben.

Sie stieß einen tiefen, ausdrucksvollen Seufzer aus, für den ich sogleich eine ganze Stange von Interpretationen parat hatte: «Weiter bist du noch nicht?» und: «Wie lange du wohl schon nicht mehr gevögelt hast, armes Schwein» oder auch: «Hab mir doch gleich gedacht, du wärst bestimmt noch genauso bescheuert wie früher.»

Ich ließ das Schweigen in der Leitung andauern, war sofort voll auf 180. Wegen dem, was da so in ihrem Seufzer alles mitgeklungen hatte. Aber ich war auch neugierig: Was zum Teufel wollte sie von mir? Was steckte dahinter, dass sie noch nicht einmal sofort wieder auflegte? In der Leitung noch immer Schweigen. Ich wechselte den Tonfall:

«Wie bist du denn an meine Nummer gekommen? Und was verschafft mir überhaupt die Ehre?»

«Ich hab deinen Bruder in der U-Bahn getroffen.»

Ich stellte mir vor, wie dieser stadtbekannte Vollidiot überall meine Nummer verteilte und zwar an jeden, ohne mich wenigstens zu warnen. Ich fand das erbärmlich, zumal er mich niemals anrief, weder zu meinem Geburtstag noch zu Weihnachten. Ich nahm mir fest vor, ihn anzurufen und volle Kanne zusammenzustauchen, sobald ich mit der kleinen Alice Martin fertig wäre.

«Worüber wolltest du mit mir sprechen?»

«Wir müssen uns dringend treffen.»

«Alice, klar siehst du spitze aus und rufst in mir nur supergeile Erinnerungen wach. Aber trotzdem hätte ich gerne gewusst, was du eigentlich von mir willst.»

Sie stieß einen zweiten Seufzer aus, klangvoll, entnervt.

«Bitte, hättest du fünf Minuten Zeit für mich? Ort, Tag, Uhrzeit und so weiter, das überlasse ich alles dir, bitte.»

Ich hatte absolut keine Lust, ihr zu erklären, dass ich unmöglich meine Wohnung verlassen konnte. Total keinen Bock, ihr vorzuschlagen, sie möge doch vorbeikommen und sich anschauen, in was für einem Durchschnittseinerlei ich vor mich hindümpelte. Ich versuchte Zeit zu gewinnen.

«Hör mal, Alice, ich weiß noch ziemlich genau, dass du nicht den lieben langen Tag Schwänze lutschst, sondern nebenbei auch noch Notarstochter bist. Da kann ich mir gut vorstellen, dass Papa einen prima Job für dich gefunden hat. Deshalb freue ich mich für dich, dass du auf ‹Mir liegt die Menschheit zu Füßen› machen kannst und bei mir nur mit den Fingern zu schnipsen brauchst, von wegen ich soll mich jetzt gefälligst mit dir treffen. Versuch dir doch aber mal fünf Minuten lang vorzustellen, dass ich auch noch anderes zu tun hab.»

«Es ist WICH-TIG.»

Sie betonte das Wort, als sei sie sich nicht sicher, ob ich den Sinn kannte. Sogleich wurde ich wütend, sie hielt mich also für eine Art Penner. Doch dann fiel mir wieder ein, in was für einem Ton ich das Gespräch begonnen hatte. Es war also wieder einmal alles meine Schuld. Sie hielt mich für einen Penner, weil ich wie ein Penner geredet hatte. Der Gedanke, ich hätte das allein mir selbst zuzuschreiben, machte mich müde.

Ich hüpfte von einem Fuß auf den anderen. Durch das Fenster schaute ich Kindern zu, die gerade aus der Schule kamen. Sie stoben auseinander und gaben dabei gellend laute Tierschreie von sich.

Ich hatte schon Lust, mehr über die Angelegenheit zu erfahren. Doch ich sah keine Möglichkeit, Alice zu treffen, ohne dafür die Wohnung zu verlassen.

Auf der Suche nach einer Lösung zerlegte mein Gehirn die Situation keineswegs in ihre logischen Bestandteile. Doch ich schaffte es nur, mich darüber zu ärgern, dass die Virtualität noch in den Kinderschuhen steckte und es bisher noch ausgeschlossen war, sich in eine völlig entspannte Biosphäre beamen zu lassen, voller neutraler Empfangsräume, deren Farben man sich aussuchen konnte.

Eher hätte ich mir auf die Zunge gebissen, statt ihr zu sagen: «Ich hab Klaustrophobie.» Ich war mir sicher, diese Info wäre für sie ein gefundenes Fressen. Ein Grund, mich zu verachten und sich über mich lustig zu machen. So zumindest hätte ich das an ihrer Stelle gemacht. Nicht genug, dass die Schlampe mir nicht am Telefon mehr darüber sagen wollte, sondern sie ließ mich auch noch spüren, wie sie allmählich ungeduldig wurde. Sich innerlich wohl immer wieder was in dem Stil: «Nun komm schon, Kleiner, ich hab auch noch andere Dinge zu erledigen. Wir wollen doch wohl nicht heute Nacht noch hier rumsitzen», vorredete.

Zum Schluss ließ ich mich dann doch zu einem Treffen im Bar-Tabac unten bei mir im Haus überreden. Ich gab vor, entsetzlich viel zu tun zu haben und wiederholte mehrere Male, was für eine Zusatzbelastung es für mich war, die Treppen hinunterzusteigen, um mich mit ihr zu treffen. Sie gab dazu keinen Kommentar ab.

Spontan wirkte sie auch absolut nicht wie 'ne Alte, die gerne mal wieder richtig ficken wollte. Jedenfalls hab ich mir noch lange nach dem Auflegen den Kopf zerbrochen, was um alles in der Welt sie bloß von mir wollte.

Mir blieb dann nichts weiter übrig, als an meinem Joint zu ziehen. Es war absurd, was mir da bevorstand, der blanke Horror: ein Treffen draußen. Ich würde nach Klamotten suchen müssen. Mich prüfend im Spiegel betrachten, ob ich auch ordentlich rasiert war, nicht überall Pickel im Gesicht hatte und ob mein Haarschnitt nicht viel zu grotesk wirkte. Ich würde vor dem Kabuff der Hauswartsfrau, die ich nicht ausstehen konnte, vorbeigehen müssen, auf die Gefahr hin, dass sie herauskam und mich mitten auf dem kalten Flur voll laberte – und dann wüsste ich wieder nichts drauf zu sagen. Mir war nie klar, was man eigentlich so zu den Leuten sagen musste. Dann würde ich unten über die Türschwelle treten müssen, stünde plötzlich draußen im Freien. Schon allein der Gedanke an Autos und Leute, alle wild durcheinander um mich rum, kurz davor, mich anzufahren oder mir zuzusehen, wie ich in Ohnmacht fiel – voll die Sensation –, trieb mir den Schweiß auf die Stirn. Und dann die Bar: ein mit Lärm und Rauch angefüllter, geschlossener Raum. Voll von Leuten, die jeden Moment über mich loslachen könnten, bereit, mich anzugreifen und in peinliche Situationen zu bringen … Fünf Minuten lang versetzte ich mich selbst in Angst und Schrecken, dann wurde mir klar, dass das überhaupt nicht nötig war: Es reichte ja, einfach nicht hinzugehen. Ich nahm mir vage vor, ihr Bescheid zu sagen, wusste aber ganz genau, dass ich das nicht tun würde. Es fiel mir schwer, die etwas unangenehmen Telefonate zu erledigen. Ich würde also zu Hause bleiben, so wie immer, und dann einfach nicht rangehen, wenn sie von unten anrufen würde. So einfach war das. Schließlich lebte ich ja schon seit dreizehn Jahren ohne Alice Martin. Da musste es doch wohl möglich sein, es auch weiterhin so zu halten. War halt schade um ihr Geheimnis. Doch das war bestimmt eh nur irgend so 'n Blödsinn. So wie immer, wenn ich wegen etwas ganz aus dem Häuschen geriet. Das war dann letztendlich eh immer nur irgend so 'n Blödsinn.

Ich betrachtete die Angelegenheit als abgehakt. Erfüllt von dem vertrauten Gefühl, alles vermasselt zu haben, konzentrierte ich mich ganz auf Britneys Titten und rollte mir einen neuen Joint.

Doch dann rief Sandra an:

«Na, Alter, was gibt's Neues?»

Wir telefonierten jeden Tag. Sie tat so, als würde sie unter einer leichten Form von Platzangst leiden, doch das war gelogen: In erster Linie war sie eine ganz schön faule Sau. Wenn sie rausgehen musste und ihr nichts anderes übrig blieb, zum Beispiel wegen ihrem Job, dann ging sie halt raus und fertig. Zwei oder drei gutartige Angstanfälle. Einfach lächerlich im Vergleich zu einer echten Panikattacke.

Es gab viele Dinge, die mir bei ihr auf die Nerven gingen. Aber dann wiederum andere, damit brachte sie mich echt zum Lachen.

Wir hatten uns vor zehn Jahren kennen gelernt. Sie organisierte damals in einem gottverlassenen Kaff in der Bretagne Konzerte. Ich spielte bei einer ziemlich schlechten, aber dennoch berüchtigten Band mit. Das eine hat noch nie das andere ausgeschlossen. Sandra hatte uns den Weg zu unserem Hotel gezeigt. Ich fand sie damals witzig. Hatte den ganzen Abend damit verbracht, ihr auf die Pelle zu rücken. Ihr die Zigaretten anzuzünden und Witze ins Ohr zu flüstern. Doch sie ist trotzdem ohne mich nach Hause gegangen, war sozusagen vor mir geflüchtet. Woraufhin ich jahrelang, immer wenn ihr Name fiel, wie ein Rohrspatz zu schimpfen anfing: «Schlampe, aufgedunsene Gans, falsche Schlange, Stümperin, armselige Witzfigur!!» Mein ganzes Leben lang hab ich mich immer völlig unsensibel und absolut unfair verhalten, wenn von Leuten die Rede war, die ich nicht ausstehen konnte. Ich bekam oft mit, dass über sie gesprochen wurde, denn sie war später nach Paris gezogen, verdiente sich mit kleinen Artikeln für Rockzeitschriften ihr Geld. Bei einem Konzert von Héliogabale-Condense im 13. Arrondissement sind wir uns erneut über den Weg gelaufen. Da ich nie eine Gelegenheit ausgelassen hatte, ihr in der Szene den Ruf zu versauen, war ich ein wenig angespannt, als sie sich auf mich warf, als ob wir zwei alte Kumpels von früher wären. Sie hatte die Tasche voller Amphetamine, damals konnte man die Dinger noch überall kaufen. Noch immer war es völlig ausgeschlossen, sie zu vögeln, aber trotzdem hatten wir viel Spaß miteinander. Ich war mit der Zeit halt großzügiger geworden und so konnten wir Freunde werden.

Frontberichte zweier alter Soldaten, gespickt mit Zweideutigkeiten. Ich war neidisch, dass sie in den Zeitungen schrieb, die ich las, äußerst kritisch, was die Qualität ihrer Artikel anging und skeptisch, ob sie überhaupt das Recht hatte, diese zu verfassen. Ich war halt sauer, dass ich sie nie ins Bett bekommen hatte, zugleich aber auch erleichtert, so als hätte ich ein unschuldiges Mädchen vor mir. Wir schwankten. Sie war einerseits fasziniert von meinem absolut radikalen Werdegang, meiner totalen Kompromisslosigkeit, andererseits hatte sie da aber auch so ihre Zweifel: Für ihren Geschmack machte ich es mir zu einfach. Sandra glaubte an den paradoxerweise weit verbreiteten Mythos, ich hätte garantiert Talent, wenn ich mich nur mal endlich dazu entschloss, was zu machen. Sie hatte diesen Eindruck noch von unseren allerersten Begegnungen im Kopf, als sie noch ein Teenie war und ich auf der Bühne an einer Gitarre herumzupfte und dabei auf tierisch selbstsicher machte. Für sie war ich der Künstler geblieben, ungeliebt, unangepasst, zu Unrecht unterschätzt ... Mit diesem Status konnte ich mich schon anfreunden, doch ich wusste auch, weshalb er einem schlecht bekam.

Mit ihr konnte man über Fernsehen reden, was schon mal nicht schlecht war. Sie spielte dann immer die Selbstgerechte, der es im Grunde zu gut ging, als dass sie über andere herzog. Deshalb verteidigte sie die ganzen Ansager, Schauspieler und so, legte sich dabei aber nicht richtig ins Zeug. Sie sagte bloß so Sachen wie die Dingens hat Talent und der Soundso gibt sich redlich Mühe ... Doch eigentlich war sie nur darauf aus, mir zuzuhören, wie ich die alle durch den Kakao zog.

Sie war sieben Jahre jünger als ich, was mehr Unterschied ausmachte, als ich geglaubt hätte. Da hatte ich es also mit jemandem zu tun, der die Welt «vor» dem Fall der Mauer, also bevor so ziemlich alles in die Brüche ging, gar nicht gekannt hatte. Deshalb hatte sie eine ganz andere Einstellung als ich. Etwas pathetisch vielleicht, aber dafür frei von jeder Sachkenntnis. War echt spannend, sie auseinander zu nehmen.

Sandra zu hassen machte mir unglaublich Spaß, und ihr umgekehrt ebenso. Wenn sie anrief, ging ich immer ran, da hatte sie bei mir einen Sonderstatus. Wenigstens fragte sie mich nie: «Also gut, wann treffen wir uns denn mal wieder?», wie das die meisten Leute machen. Wir legten einfach wieder auf, unausgesprochene Vorwürfe vor uns hinmurmelnd, denn alle unsere Gespräche waren voll vorwurfsvoller Andeutungen. Kleine, belanglose Bemerkungen, um den anderen zu erniedrigen. Nie ganz eindeutig, niemals direkt. Höchstens wenn es richtig Riesenstunk gab, wenn einer offen zugab: «An der Stelle tut's aber empfindlich weh», dann war der andere plötzlich für ihn da. Sonderbares Gleichgewicht.

Ich setzte mich auf das total verbeulte grüne Sofa, schlug die Beine auf der Armlehne übereinander: Es konnte losgehen, mit dem therapeutischen Pläuschchen am Telefon. Ich erzählte ihr meine Begegnung der dritten Art:

«Ich hab mich selbst voll in Panik gebracht. So eine von früher aus der Schule hat bei mir angerufen, wollte mich unbedingt treffen. Ich hab mich mit ihr verabredet. Du kannst dir nicht vorstellen, was für eine Heidenangst ich seither hab. Das heißt, in einem Punkt kann ich dich natürlich sofort beruhigen: Ich werd da nicht hingehen. Aber allein der Gedanke, ich hätte da hingehen können, da läuft es mir eiskalt den Rücken runter.»

«Wer ist denn das? Was wollte die von dir? Wieso wollte sie sich mit dir treffen? Was ist das denn schon wieder für 'ne Geschichte?»

Genau deshalb war Sandra durch nichts auf der Welt zu ersetzen: Meine Geschichten interessierten sie.

«Alice Martin ... Das war damals in der Schule. Tochter von 'nem Chirurgen. Damals Fan von Béru. Voll scharf, die Braut. Hab nie verstanden, warum sie ausgerechnet auf mich abfuhr. Und sexbesessen war die Alte. Schon wenn ich mit ihr redete, kriegte ich 'n Ständer, alles voll geiler Erinnerungen an sie. War das erste Mal, dass ich mich durch Kaschmirpullis hindurcharbeitete, das erste Mal, dass man mir im Park einen runterholte, auf einer Bank, alle konnten uns sehen … also, halt echt nur nette Sachen.»

«Und wie war sie sonst so?»

«Klein, zerbrechlich, blond, schwindsüchtig, sehr kleine Hände, große breite Muschi … Nase ganz klein, wie bei einer Puppe, sehr helle Augen. Halt voll die Upperclass-Tochter: Über dreißig Generationen hinweg zur Edelnutte erzogen, speziell für den Elite-Mann … Tja, und ich kam halt goldrichtig, erwischte sie voll in ihrer rebellischen Phase, wie ausgehungert stürzte sie sich auf den Schaffnerssohn … Sie vibrierte schon, wenn ich sie nur mit dem kleinen Finger berührte. Ich nannte sie meine kleine, stromgeladene Nutte, sie war wie weggetreten … Kleines, dreistöckiges Haus, versteckt in einem Garten voller bunter Blumen … Sie hatte sich Poster von Sid Vicious in ihrem Zimmer an die Wand gepinnt. Sobald sie groß war, wollte sie Junkie werden. Sieht so aus, als hätte sie sich das inzwischen noch einmal anders überlegt. Das war damals in dem Jahr, als wir Abitur gemacht haben.»

«Du hast Abitur gemacht?»

«Mehrmals, ja. Bestanden hab ich's nie, es aber mindestens dreimal versucht.»

«Warst du in sie verliebt?»

«Den Ausdruck kannte ich damals nicht, aber ich mochte sie … So welche hatte ich nicht oft … Das war diese Art von Mädchen, alle Jungs in der Klasse träumten davon, ihr mal den Schwanz reinzustecken. Ich hab bemerkt, solche Frauen sind normalerweise absolute Nieten im Bett. Sie kapieren nicht, warum sie sich anstrengen sollen. Es gibt da so eine Faustregel: Geiler Feger neben dir taugt nicht unter dir. Funktioniert in beide Richtungen. Doch sie war da eher der Ausnahmefall: rattenscharf in allen Disziplinen und noch nicht einmal nervig, die Alte.»

«Hielt die Beziehung lange?»

«Drei, vier Monate … weiß nich mehr … Doch von einem Tag auf den anderen stand ich völlig im Regen: Ihre Eltern sind umgezogen, sie ist abgehauen, ich hab nie wieder was von ihr gehört … Bis heute eben.»

Während wir uns unterhielten, malte ich ganze Irrgärten von Kringeln auf die Rückseite einer Telekom-Rechnung, mit grünem Filzstift. Sandra war anscheinend gerade beim Abwaschen oder irgendwas anderem, bei dem man Wasser laufen ließ und Sachen aus Metall gegeneinander knallte. Ich stellte sie mir immer so vor, wie sie beim letzten Mal ausgesehen hatte. Das war schon ewig her.

«Warst du damals stinkig?»

«Ich hab mir damals das Leben nicht schwer gemacht, schon gar nicht wegen 'ner Frau. Ich hab mir 'n Mofa geliehen, bin hin zur Werkstatt nach Toul und hab mir 'ne Kiste Gummikleber gekauft, hab meinen Kopf drei, vier Tage in die Tüte gehalten, und dann war gut.»

«Ach so. Hast also noch nicht mal deine Gitarre rausholen müssen, um 'ne kleine Ballade für sie zu dichten.»

«Hör auf, mich für 'n Weichei zu halten. Ich schreib keine Songs, bloß weil mich 'ne Alte verlässt.»

«Und du hast wirklich überhaupt keine Ahnung, warum sie dich angerufen hat?»

Der leise Vorwurf, der da in ihrer Stimme mitschwang, missfiel mir sogleich kolossal. Sandra versuchte ganz schnell, das Thema zu wechseln, was überhaupt nicht ihre Art war. Ich musste ordentlich nachhaken, wie 'ne echte Nervensäge, damit sie endlich mit der Sprache rausrückte:

«Lass mal, du weißt ja, dass ich schnell dramatisch werde ... Aber ich an deiner Stelle würde mich mit ihr treffen.»

«An was konkret denkst du denn, nun sag schon! Wenn du's lieber nicht sagen willst, hättest du auch keine Andeutungen machen dürfen ...»

«Ich denk an AIDS und kapier nicht, wieso du da nicht selbst draufkommst.»

Es verschlug mir zwei Sekunden lang die Sprache, ich war am Boden:

«Aber Sandra, das ist doch an die fünfzehn Jahre her!»

«Hast du schon mal 'n Test gemacht? Ich mein mich erinnern zu können, du hättest mir gesagt, du hättest noch nie einen gemacht.»

Ich legte einfach auf. Keinen Bock auf Gestapo. Wieso wusste sie immer haargenau, was ich ihr alles erzählt hatte? Legte sie da Karteikarten an, oder was?

Das war typisch Sandra: Erst machte sie scheinheilig auf besorgt, sodass man sich ihr anvertraute, und dann brachte sie plötzlich unter dem Vorwand, es ja nur gut zu meinen, die schlimmsten Verdächtigungen ins Spiel. Und das haute einen dann wirklich um ...

Ich bemühte mich, einen kühlen Kopf zu bewahren, doch das war nicht mein Ding. Ich sagte mir immer wieder, dass ich es doch wohl in dreizehn Jahren auch ohne Test mitbekommen hätte, wenn ich infiziert worden wäre ... Aber je länger ich an meinem Joint zog, desto weniger abwegig kam mir der Gedanke vor.

° ° °

Noch am selben Abend stand ich plötzlich draußen auf der Straße. Wie ein armer Depp. Und da es mich immer gleich volle Kanne erwischt, regnete es draußen, so 'n total dreckiges, eisiges Zeugs fiel vom Himmel und die Bar war voll von Leuten, die sich unterstellen wollten und jede Menge Schlamm mit hineintrugen.

Ich kam fünf Minuten vor der Zeit an, suchte mir einen Platz gleich neben dem Ausgang, um schnell wegzukommen, im Falle einer Panikattacke. Ich legte meine Uhr auf den Tisch und schwor mir, sofort wieder zu verschwinden, falls Alice mehr als drei Minuten zu spät kommen sollte. Darauf hoffte ich insgeheim, um einen Grund zu haben, mich doch nicht mit ihr zu treffen.

Ich stand total unter Schock. Unklar war nur, ob's daran lag, dass ich mich in diesem total überfüllten Laden befand, wahrscheinlich AIDS hatte – ein Gedanke, bei dem ich in Panik geriet, der mich aber auch ein wenig tröstete: Sollte ich infiziert sein, würde sich mein Leben ändern, davon war ich überzeugt –, oder daran, dass ich mich gleich mit dieser Frau traf: wahrscheinlich wahnsinnig, voll hässlich oder total pervers ...

Wenigstens in einem Punkt war mir das Schicksal gnädig gewesen: Rein äußerlich hatte ich mich kaum verändert, in den letzten dreizehn Jahren. Ich war weder dick noch glatzköpfig geworden, hatte keine Kariesruinen im Mund und keine Trinkernase. Ich war regelmäßig total entsetzt, wenn mir Leute über den Weg liefen, die ich bereits vor vielen Jahren gekannt hatte, und ich mich in ihre Lage versetzte.

Alice war pünktlich. Ich beobachtete, wie sie sich aus einem Taxi herauszwängte, und war sofort genervt: Ob die das wohl extra machte, ihre «Ätsch-Bätsch, guck mal, wie ich in der Knete schwimme»-Nummer so zu überziehen, dass ich mich voll erniedrigt fühlen musste?

Im Ganzen wirkte sie etwas geschrumpft. Im Bar-Tabac de Stalingrad hob sie sich trotzdem von der Menge ab, denn alles an ihr war viel zu fein: Ihr Mantel mit dem zarten Pelzbesatz am Kragen fiel zu elegant auf zu teure, zu schicke Schuhe hinab. Sie war zu gut gepudert, ihre Frisur saß zu perfekt, inmitten der vom Regen durchweichten Bargäste.

Schon scharf, insgesamt. Doch um echt auf sie abzufahren, war sie dann doch zu nervig.

Sie setzte sich mir gegenüber. Unruhig musterte ich sie: Guckte so eine Frau, die ihrem Ex-Freund sagen wollte, sie hätte ihn mit AIDS infiziert?

Ich glaub nicht, dass ich mir meine Unruhe anmerken ließ: Ohne mir großartig Mühe zu geben, wirkte ich nämlich von Natur aus eher arrogant als ängstlich. Aus dem Alter, in dem man glaubt, die Leute könnten wie in einem offenen Buch in einem lesen, war ich zudem schon lange raus: Die Leute sehen, was man ihnen zeigt und Schluss, aus. Geht denen nämlich am Arsch vorbei, deine inneren Gefühle.

Bei Alice jedoch schien es mit dieser Erkenntnis nicht sehr weit her zu sein. Ich überlegte mir kurz, ob das bei ihr vielleicht genau anders herum sein könnte: Ob sie ihre Verletzlichkeit gerade deshalb zur Schau trug, weil sie in Wirklichkeit gar keine besaß.

Verstohlen beobachtete sie mich, voller Unruhe. Auf mich wirkte sie wie ein ganz offensichtlich ekliges Insekt, von dem man jedoch noch nicht weiß, ob es zugleich auch gefährlich ist.

Sie stellte mir zwei oder drei Fragen, was ich so mache. Ich flunkerte drauflos:

«Ich übersetze sehr viel, so alles Mögliche: Romane, Sachbücher. Englisch, Deutsch, Spanisch … Und dann hab ich auch selbst einen Roman geschrieben, gerade hab ich einen Verleger dafür gefunden.»

In Wahrheit hatte ich ein paar Sciencefiction- und Dreigroschenromane übersetzt, doch mir war das viel zu viel Arbeit. Sehr schnell hatte mich das total deprimiert und ich musste aufhören. Ich hatte damals gerade Catherine, meine Freundin kennen gelernt, und sie hatte zu mir gesagt: «Konzentriere du dich voll und ganz auf deinen Roman, ich kann ruhig einmal eine Zeit lang für zwei arbeiten gehen.» Als ich ihr Angebot annahm, schwor ich mir, so schnell wie möglich fertig zu werden. Ich fand den Gedanken, mich von ihr aushalten zu lassen, so abscheulich, dass ich mir dadurch enormen Antrieb für meine Arbeit erhoffte. Doch so kam's dann eben doch nicht.

So nach und nach hörte ich auf, aus dem Haus zu gehen. Im ersten Jahr hatte ich noch drei-, viermal versucht, mich an die Arbeit zu machen, doch der Funken sprang einfach nicht. Ich kam einfach nicht über dreißig bis vierzig Seiten hinaus. Also ließ ich es halt bleiben. Catherine nahm es mir nicht wirklich krumm. Wie viele andere Leute glaubte sie felsenfest, ich würde sicherlich bedeutende Bücher schreiben, bräuchte bloß eines Tages endlich einmal damit anzufangen. Sie war weder die Erste noch die Einzige, die von meinem Talent überzeugt war. Perfekt gelungene Täuschung. Ich beschränkte mich darauf, von dieser glücklichen Fügung zu profitieren, hatte sie weder bewusst provoziert noch sonst etwas dafür getan: Hab mich ja schließlich nie um was gekümmert. Allein weil ich in einer mittelmäßigen, doch zu einem Mythos entarteten Punkband mitgespielt hatte, bekam ich überall zehn Jahre lang kostenlos Kredit. Es gab da schon so ein paar Dinge, die Frankreich zu einem wunderbaren Land machten.

Zum Jahreswechsel machte ich mir Sorgen um mein Leben, war so ein Neujahrsbrauch von mir. Ich zog mal schnell Bilanz, und mir fiel auf, dass ich Jahr für Jahr immer weniger unternahm. Zwei, drei Tage lang dachte ich ganz doll nach, traf Entscheidungen. Anfang Januar landete dann die Krone vom Dreikönigskuchen im Müll, ich konzentrierte mich wieder auf andere Dinge und änderte nichts an meiner Strategie.

Doch all dies wollte ich nicht unbedingt Alice auf die Nase binden.

Ich schaute auf ihre Hände. Das Ding, das da so glänzte, an ihrem

Finger, schien ein Diamant zu sein. Und auch was sie sonst noch so anhatte, war alles nicht im Barbès zu kaufen. Ich fragte sie:

«Hast du dir 'nen reichen Kerl geangelt?»

«Nein, aber ich arbeite wie blöd.»

Ich hätte sie mir lieber als die Frau von einem verschrobenen, ekligen Alten vorgestellt, der sie betrog und dann mit Geschenken überhäufte. Aber als Business-Woman ... Ihr Erfolg bewies wie alle Erfolgsgeschichten nur meine eigene Unfähigkeit. Krasser Kontrast.

Die Jahre hatten sie entstellt. Sie war früher eine richtige Schönheit gewesen. Das lag an ihrem Teint, an einer noch durch nichts erschütterten Allmacht. Damals hatte sie die Schönheit eines zarten Luders besessen. Nun war ihre Haut verschrumpelt, sie hatte wohl viel gearbeitet, immer schlecht geschlafen, geraucht und getrunken, anders war das nicht zu erklären. Sie war dünn, aber nicht so wie eine Frau, die auf ihre schlanke Linie achtet, sondern wie eine, die mit ihren Nerven am Ende ist. Sie war sorgfältig geschminkt, nicht wie eine, die ihre Schönheit im vollen Glanz zeigen möchte, sondern wie eine, die ihr Gesicht verbergen will.

Da sie nicht so recht mit der Sprache herausrücken wollte, spielte ich einen Moment lang mit meiner Zigarettenschachtel, zog die Plastikhülle drum herum ab und faltete das glänzende Stück Zellophan zusammen. Als ich mich dann aber dabei ertappte, die nicht vorhandenen Flecken auf dem Tisch mit der Fingerspitze zu entfernen, entschloss ich mich zum Vorstoß:

«Hast du AIDS?»

Sie erstarrte ganz kurz, Fluppe zwischen die Zähne geklemmt, die Augen zu zwei Schlitzen zusammengekniffen, doch dann verstand sie meine Frage, brachte die Dinge in den richtigen Zusammenhang und fing lauthals an zu lachen. Ich kapierte nun endlich auf Anhieb, dass es vollkommen lächerlich war, mir dreizehn Jahre nach einer Bettgeschichte Sorgen wegen AIDS zu machen. Ich verfluchte Sandras Einfluss auf mich und entspannte mich endlich ein wenig. Das war taktisch unklug. Alice drückte zwei-, dreimal ihre Fluppe am Rand des Aschenbechers aus, beruhigte sich wieder und sagte dann:

«Nein, nein, AIDS hab ich nicht gerade ... Aber eine kleine Tochter, die ist inzwischen dreizehn.»

Jetzt war ich an der Reihe, einen Moment lang aus dem Konzept zu geraten, ich kapierte den Zusammenhang nicht, warum sie das in diesem Ton zu mir sagte. Wie in einer Fernsehserie, wenn ein Wortwechsel gerade megawichtig ist. Als sie mir dann ins Gesicht sah und sich dabei absolut unruhig auf die Lippe biss, kapierte ich, dass es hier noch etwas zu verstehen gab. Nun war ich aber dran, lauthals loszulachen. Ich wünschte mir, es läge schon wieder an meiner Phantasie, die mir so fiese Streiche spielte und Alice möge auch dieses Missverständnis sogleich auflösen. Ich bekräftigte:

«Von mir ist die aber nicht.»

«In dem Sommer hab ich mit niemandem sonst geschlafen. Wenn du sie siehst, wird dir klar werden, wie schlecht sich das abstreiten lässt. Ich mein, das will nicht viel heißen, aber immerhin ... springt es einem sofort ins Auge.»

«Wenn ich sie was?»

Alice schnitt eine Grimasse, sichtlich verärgert:

«Tja ... tut mir Leid. Natürlich meine ich, wenn du sie überhaupt sehen willst. Du kannst dir wahrscheinlich ganz gut vorstellen, dass ich nicht gekommen bin, um nur mal so zum Spaß die ‹längst abgefuckten› Leichen aus dem Keller zu holen.»

Sie sagte «längst abgefuckt» und war dabei distanziert wie eben eine eitle Zicke aus dem 5. Arrondissement, die auf cool macht, dabei aber nur lächerlich wirkt. Ich hörte sie weiterlabern, hatte aber immer noch nicht kapiert, dass ihre Info mich absolut auch etwas anging. Gönnte mir vor der Vollpanik noch einen kleinen Aufschub ... Alice hörte überhaupt nicht mehr auf zu labern:

«Weißt du, mir kommt das ebenso ungelegen wie dir. Doch es ist nun einmal so, dass Nancy – so heißt sie mit Vornamen – bisher immer geglaubt hat, du wärst bei einem Autounfall ums Leben gekommen. Alle in der Familie haben ihr das gesagt, seit sie klein ist. Genau das haben wir übrigens auch immer allen anderen erzählt. Nur jetzt, seit dem Tod meines Vaters, hat meine Mutter völlig den Kopf verloren und ihr alles gesagt.»

Alice breitete die Arme aus, um mir auf vollkommen überholte Art und Weise klar zu machen, dass ihre Mutter ihr damit «so eine Stange Ärger» eingeheimst hätte. Sogleich fuhr sie fort:

«Seither hat die Kleine nur noch eine Sache im Kopf: dich unbedingt wieder zu finden. Zweimal ist sie deshalb bereits von zu Hause abgehauen. Keine Ahnung, wie sie sich das vorstellt, dass sie dich einfach auf der Straße erkennen wird ... Dann ist mir zufällig dein Bruder über den Weg gelaufen, da dachte ich mir, wenn das mal kein Zeichen ist. So war das eben.»

Als hätte sie jetzt den Ball zu mir rübergeschossen und ich wär an der Reihe.

«Alte Scheißdrecksschlampe!»

Ich ließ meine Worte wie Gewehrschüsse fallen, war dabei jedoch halb weggetreten. Mein ganzer Körper war wie betäubt. Kurzer Moment der Schwerelosigkeit, als befände ich mich außerhalb der Erdanziehungskraft. Dann spürte ich, wie sich mein Bewusstsein spaltete, um mittendrin für das Unvorstellbare Platz zu schaffen. Ich sprach weiter, noch immer wie abwesend:

«Dreißig Kinnhaken in deine dreckige Nuttenfresse, genau das hättest du verdient ... Raffst du überhaupt, was du da erzählst?»

«Bruno, ich sagte dir doch bereits, dass es auch mir ungelegen kommt.»

Sie war eben genau eine von diesen dreckigen Luxusmiezen, arrogant und hochnäsig, die einen Buckel machen und sich aufrichten, wenn man sie angreift, hatte einfach noch nicht oft genug eins auf die Fresse bekommen, um zu kapieren, dass sie sich mal lieber einfach ganz ruhig verhalten soll. Gespitzter Mund, betont aufrechte Kopfhaltung. Ich setzte wieder zu sprechen an, musterte sie, angewidert und voller Zweifel:

«Mit DIR habe ich ein Kind?»

«Ich war damals siebzehn, Schätzchen. Wenn ich mir dich so angucke, sag ich mir auch, dass ich da echt Scheiße gebaut habe.»

Ich blickte zur Seite, mein Kopf glühte, Gedanken und Empfindungen begannen sich langsam wieder zu regen, noch vollkommen ungeordnet, brachten mich ins Schwanken:

«Du bist doch echt nix als 'ne bescheuerte Alte.» Und ich verließ die Bar.

○ ○ ○

Keine fünf Schritte hatte ich draußen auf der Straße gemacht, da kehrte ich auch schon wieder um. Engegefühl im Brustkorb, ich hatte verdammt Lust, mich unter ein Auto zu schmeißen und zu spüren, wie es meinen Körper zermalmt. Ich wartete an der Tür auf sie, rot vor Zorn, dass ausgerechnet mir so etwas passieren musste und dann auch noch so.

Es dauerte, doch dann kam Alice endlich raus. Das Handy ans Ohr gepresst, hörte sie gerade ihre Mailbox ab. Ich krallte sie am Arm:

«Wie konntest du mir so etwas antun?»

«Hör zu: Vergiss es einfach. Wie man sieht, war es kein glorreicher Einfall, dich einzuschalten.»

Sie war wieder ganz der Hochmut in Person. Ich schrie, merkte, dass sie das nicht ausstehen konnte. Sie war ja schließlich gut erzogen, wollte um keinen Preis auffallen. Und dann so ein Typ wie ich, sonst zu feige, seine Zigaretten selbst kaufen zu gehen, schrie sich da plötzlich auf dem Bürgersteig die Kehle aus dem Hals – und es war mir wirklich scheißegal. Ich war nur noch drauf aus, ihre mit Scham vermischte Angst zu spüren zu bekommen. Ich brauchte das wie ein Hund, der nach Blut lechzt:

«Was fällt dir eigentlich ein, mir das erst heute zu erzählen? Hä?»

«Meine Eltern hatten das so entschieden. In der Woche, in der sie es erfahren haben, sind wir sofort umgezogen. Verdammt, versuch gefälligst dich zu erinnern, ich war damals noch ein Kind. Und dazu auch noch meinem Alter nicht besonders voraus. Ich tat, was sie mir sagten, und später wollte ich's dir dann auch nicht mehr erzählen …»

«Du bist doch nur eine scheiß verrückte Dreckssschlampe, eine miese kleine Nutte. Ich bin mir absolut sicher, das Kind ist nicht von mir. Nicht einmal ein Gentest könnte mich vom Gegenteil überzeugen.»

«Dann ist ja gut, also bleiben wir dabei.»

Sie ging, doch ich holte sie wieder ein. Einige Passanten bewegten sich nur noch im Schritttempo vorwärts. Eine Traube von Kindern klebte uns regelrecht an den Fersen. Niemand mischte sich ein, allen reichte es völlig, uns zu beobachten, als seien wir Kleinkünstler in einer Straßenshow. Meine Wut staute sich zwischen Augen und Hinterkopf, verbrannte mir wie mit heißen Klingen die Vernunft:

«So kommst du mir nicht davon. Du kannst nicht einfach auftauchen, mir so etwas erzählen und dann wieder nach Hause gehen. Das hättest du dir VORHER überlegen müssen, überhaupt hättest du dein Gehirn besser schon damals eingeschaltet und versucht zu kapieren, dass auch wenn ich nur der Scheißsohn von einem Scheißzugschaffner bin, man es mir hätte sagen müssen. Daran hättet ihr denken müssen, du und deine bekloppte Familie. Anstatt zu warten, bis das Blag dreizehn ist, um erst dann wie eine Blume an meinem Wegesrand aufzutauchen und mein ganzes Leben kaputtzumachen. Was dachtest du denn, wie ich wohl reagieren würde? ‹Au prima, und wann fahren wir nach Disneyland?› War doch wohl eher mal klar, dass ich ausrasten würde. Absolut klar. So wie es auch total klar ist, dass du jetzt mal stehen bleibst, um mir zuzuhören, denn das hättet ihr mit mir nicht machen dürfen. Scheiße.»

Ich schlug gegen die Wand, volle Kanne. Doch im Vergleich zu meiner Wut war die Wucht des Aufschlags lächerlich, voll enttäuschend. Sogleich bereute ich meine Geste, stand da mit meinen zu Brei zermatschten Fingern. Ich hätte mich hinsetzen und losheulen können, doch das hatte ich mir schon viel zu lange abgewöhnt.

Alice hingegen tat sich da keinen Zwang an. Zwischen mehreren Schluchzern brachte sie stotternd hervor:

«Ich hab Mist gebaut … Ich weiß nicht mehr, was ich mit Nancy machen soll. Einfach war sie nie, doch seit sie's weiß, ist sie nicht mehr zu bändigen … Ich wollte nicht zu dir kommen, aber … ich weiß wirklich nicht mehr, wo mir der Kopf steht.»

«Und dann habt ihr ihr auch noch einen Hundenamen verpasst, verdammte Scheiße.»

Alice kramte in ihrer Tasche und gab mir ihre Karte:

«Mach was du willst. Ruf mich an, vergiss es, ganz wie du willst …»

Die Schlampe wusste, wie man jemanden bekniet. Das hat mich ein wenig angeturnt, leicht aus der Fassung gebracht, schließlich aber total entmutigt:

«Los, hau ab.»

Und weg war sie. Obwohl das absolut unpassend war, regte sich ganz leicht mein Schwanz, wie ich sie abziehen sah, mit gesenktem Haupt. Sie wusste echt, wie man's anstellen musste, damit die Kerle ungefährlich für sie wurden.

Die Blagen um uns rum verteilten sich wieder, einige schlugen sich vor Lachen auf die Schenkel. War wohl ich, über den sie sich so köstlich amüsierten. Wunderte mich nur, wie mir das so am Arsch vorbeigehen konnte.

Einen Moment rührte ich mich nicht vom Fleck, war absolut verunsichert. Ich war so daran gewöhnt, zu übertreiben, zu manipulieren, so zu tun als ob … dass meine Gefühle wohl nie mehr richtig aufrichtig sein konnten.

◦ ◦ ◦

Als ich wieder oben in meiner Wohnung stand, war mir mein Sinn für Humor gänzlich abhanden gekommen und auch mit meiner Gelassenheit war es nicht mehr weither. Meine Hand war geschwollen, hing schlaff wie ein Gummihandschuh am eigenen Arm.

Die Argumente brodelten in meinem Kopf, stießen aneinander, krabbelten an mir hoch und erstickten mich.

Ich dachte an die Typen in *Men in Black* mit ihrem Apparat zur Auslöschung des Gedächtnisses, und ich hätte viel darum gegeben, mir auch so einen zu beschaffen, einfach zwei Stunden zurückzuspulen.

Wie besessen sah ich immer wieder Sperma vor meinem inneren Auge. War zwar Quatsch, doch ich versuchte einen Zusammenhang herzustellen, zwischen dieser weißen, klebrigen Masse und einem Baby.

Ich dachte wieder an Alice, an all die Male, als wir's getrieben hatten und wiederholte immer wieder in Gedanken, dass so eben Kinder gezeugt werden. Doch es wurde einfach nicht stimmig. Vor allem kamen mir immer wieder Bilder in Erinnerung, wo ich in ihren Mund, auf ihr Gesicht oder ihren Hintern abspritzte. Nichts zu machen, es wurde alles immer nur noch ungereimter …

Mit dem Gedanken, dass ich *nicht* der Vater war, konnte ich mich aber auch nicht so recht anfreunden. Es war mir klar, dass es stimmen musste, keine Ahnung wieso … die Umstände, unter denen die Familie damals verschwunden war, kamen mir verdammt merkwürdig vor, wenn ich jetzt wieder daran dachte … Die eiskalte Stimme ihrer Mutter, als ich versucht hatte anzurufen, damals hatte ich das auf meinen grünen Irokesen-Schnitt und das Schloss um meinen Hals geschoben … Doch nun fügten sich die Einzelheiten zu einem klaren Bild zusammen.

Ich hatte es schon mit Mädchen zu tun gehabt, die ihre Tage zu spät bekamen oder ein Kind haben wollten oder einfach die Pille nicht nahmen … Ganz vage hatte man mich bereits mit dem Problem konfrontiert, doch nie war's wirklich ernst. Ich hatte daraus geschlossen, dass ich halt nicht die für so etwas prädestinierte Art von Mann war. Doch nun geriet alles ins Schwanken. Ich war so eine Art von Mann, gekoppelt mit etwas noch viel Schlimmerem. Es war erniedrigend, fast unerträglich.

Alices Familie hatte mir nichts gesagt, weil ich ein Arbeiterkind war. Das hämmerte sich bei mir als Leitmotiv ein und stimmte mich absolut finster. Mir wäre es lieber gewesen, es gäbe da einen, den ich umlegen sollte, um meine Ehre zu rächen; mir so einfach das Leben zu verpfuschen und das war's dann. Doch ich konnte mir nur schwer vorstellen, die verrückte Großmutter zu erdrosseln. Blieb mir also nur, an der Decke zu kreisen, die lauernde Wut hinunterzuschlucken. Ein glasklarer Fall von Ungerechtigkeit, eigentlich unvorstellbar. Und ausgerechnet mir musste das passieren …

Ich schickte Catherine eine SMS nach der anderen, flehte sie an, so schnell wie möglich nach Hause zu kommen. Ich hatte den Eindruck, ihre Rückkehr würde der Auslöser für irgendetwas sein, wofür genau, war mir nicht klar.

Doch ich hatte mit ihr schon viel zu oft die Nummer abgezogen, sie total überstürzt nach Hause zu zitieren, um sie dann zu bitten, mir Dolipran zu kaufen, weil ich keine Aspirin mochte oder Schoko-Kekse, weil bei mir eine Depression im Anmarsch war oder auch einfach eine Ausgabe von der *Libération*, über die gerade im Radio gesprochen wurde … Dieses Mal ließ sie sich da auf gar nichts ein. Sie hätte auf Arbeit noch was zu erledigen, das würde sie auch tun und Punkt.

Ich stellte mir vor, was sie für Augen machen würde, wenn sie mich fand, mit aufgeschnittenen Pulsadern in der Badewanne liegend oder mit einem Bettlaken erwürgt aus dem Wohnzimmerfenster baumelnd.

Dadurch war ich fünf Minuten lang ruhig gestellt.

Eigentlich war es mir auch recht, dass sie nicht auf der Stelle nach Hause kam. Ich war mir nicht sicher, ob ich wirklich Lust hatte, mit ihr darüber zu sprechen. Sagte ich's ihr, würde in all unseren Unterhaltungen davon die Rede sein. Ganz umsonst hätte ich mir dann fest vorgenommen, die Angelegenheit in den nächsten Tagen in aller Ruhe zu vergessen, denn sie würde mich daran hindern. Hinzu kam noch, dass es mir peinlich gewesen wäre, ihr zu erklären, dass ich nach draußen gegangen war, um mit einer Ex aus der Schulzeit zu plaudern. Wo ich sie doch schon seit mehr als zwei Jahren zu Sklavendiensten abkommandierte, wann immer ich was brauchte. Da hatte ich nun wirklich überhaupt keine Lust zuzugeben, dass ich vollkommen problemlos rausgegangen war. War nicht davon überzeugt, dass ich das sehr bald noch ein zweites Mal tun wollte.

Zudem war mein Ausflug enttäuschend. Kein einziger Angstzustand, keine merkwürdige Empfindung, kein Ohnmachtsanfall. Und das hatte ich so lange vor mir hergeschoben, als sei's das Schwierigste auf der Welt, hatte Herzklopfen und Schweißausbrüche deswegen gehabt ... Oft hatte ich mir ausgemalt, wie es sein würde, wenn ich zum ersten Mal wieder nach draußen ging. Die Szene spielte immer im Sommer. Catherine hielt mich am Arm, ihre Augen glänzten vor Freude. Der Wind fuhr mir sanft über das Gesicht, ich ging ganz langsam, wie ein Genesender ... Und stattdessen hatte nun diese bekloppte Alice alles durcheinander gebracht, mir die Tour vermasselt, meinen Ruf beschmutzt ...

Ich legte mich einen Moment hin, um Atemübungen zu machen. Es wirkte dann eher wie: «Sie haben Verbrennungen dritten Grades? Dann nehmen Sie Aspirin.» Ich wälzte mich auf dem Bett hin und her, begann mich zu krümmen, ein bisschen wie in *Der Exorzist*. Ich spürte, wie ein entsetzlicher Schmerz vom Magen aus bis zum Nacken hoch wanderte, sich in meinem Inneren wie ein furchtbares Ungetüm schwankend fortbewegte. Dann hatte ich davon die Schnauze voll.

Ich versuchte nochmal, bei Catherine anzurufen, auch wenn ich genau wusste, dass ich mich dadurch lächerlich machte. Es ging nur ihre Mailbox ran; ich verkniff es mir, was draufzusprechen.

Gar nichts würde ich ihr sagen. Endlich hatte ich kapiert, was für eine Beziehung wir führten: Jeder für sich und bitte, wenn du schon krepieren musst, tu es wenigstens leise.

Ich war kurz davor, meinen Bruder anzurufen, um an ihm meine Wut auszulassen. Kein Wort würde ich darüber verlieren, was überhaupt der Auslöser für meinen Zustand war. Wie aus heiterem Himmel würde ich ihn terrorisieren. Doch auch dazu hatte ich keine Lust. Ich verschob das auf übermorgen, wenn ich wieder ganz bei Sinnen sein würde.

Ich rief dann schließlich bei Sandra an. Eigentlich wollte ich das gar nicht, denn im Grunde genommen wäre das alles nicht passiert, wenn sie sich nicht eingemischt hätte. Ich wäre seelenruhig bei mir zu Hause geblieben, hätte wie immer auf meinen Fernseher aufgepasst und damit basta. Ich befürchtete, sie würde noch mehr Wasser auf die Mühle geben, noch mehr hanebüchene Argumente finden, um mich noch perfekter zu quälen. Dennoch wählte ich ihre Nummer und krümmte mich auf meinem Sofa ganz zusammen; ich musste dringend mit jemandem über die Angelegenheit sprechen.

Die vorlaute Ziege war plötzlich zuckersüß, überhäufte mich mit Entschuldigungen:

«Du kannst dir nicht vorstellen, wie sehr ich's bereue … Einfach lächerlich von mir. Ich weiß nicht, wie ich dir so etwas sagen konnte, das war total schwachsinnig von mir … Wenn du nur wüsstest, wie sehr ich's bereue.»

«Also, ehrlich gesagt hab ich geschäumt vor Wut, aber jetzt kommt mir das überhaupt kein bisschen schlimm mehr vor, echt nicht … Denn pass mal auf, ich bin hingegangen zu der Verabredung.»

«Wie? Du warst draußen?»

Verwunderung. Gemischt mit ein klein wenig Enttäuschung. Oder Angst. Dass ich's geschafft hatte rauszugehen, brachte sie in Gefahr. Bewusst oder unbewusst lief sie Gefahr, den einzigen Typen, den sie kannte, der noch weniger auf die Reihe bekam als sie, zu verlieren. Als überzeugter Einsiedlerkrebs wirkte ich auf sie immer sehr beruhigend. Ich konnte es mir nicht verkneifen, ein bisschen aufzuschneiden:

«Mir blieb ja keine andere Wahl! Da hab ich's eben gemacht.»

«Und was wollte sie von dir?»

Es war mir peinlich, das zu erzählen. Am liebsten wäre ich krepiert, hätte mich in Luft aufgelöst. Ich wollte einfach nicht dieser Typ Mann sein, dem solche Geschichten passierten. Den man beiläufig erwähnt, über den man sich lustig macht, den man bemitleidet, beurteilt, bedauert ... In diese Schublade wollte ich nicht hinein. Ich war nicht schuld daran, dass mir so etwas passierte, dafür wollte ich nicht verantwortlich sein müssen. Ich ließ Sandra schwören, dass sie es niemandem erzählen würde, wusste dabei aber ganz genau, dass es schon morgen die ganze Stadt wissen würde. Erst dann brachte ich mühselig hervor:

«Sie hat mir gesagt, sie hätte ein Kind, ein Mädchen, es soll von mir sein. Dreizehn Jahre ist sie alt. Und sie will mich kennen lernen.»

Sandra ließ ein lang gezogenes «Waoh!» vernehmen, total verdattert und tief beeindruckt. Unter anderen Umständen hätte ich mich glücklich geschätzt, ihr etwas mitteilen zu können, das sie dermaßen beeindruckte.

Ich war da plötzlich in den reinsten Psycho-Albtraum geraten. Von dem Moment an, wo ich's ausgesprochen hatte, gab es das kleine Mädchen wirklich. Und zwar als Person. Bis dahin gab es für mich nur den Verrat von Alice. Ihre blödsinnige Aktion, erst dreizehn Jahre später mit der Info rauszurücken. Die Entscheidung der gesamten Familie, mir bloß nichts darüber zu erzählen ... Doch plötzlich stand da das Kind vor mir. Es gab da also irgendwo in der Stadt ein Mädchen, das bis jetzt keinen Vater gehabt hatte und mich nun gerne kennen lernen wollte.

Spontan sagte ich erst einmal gar nichts dazu, selbst für mich hätte ich es nicht in Worte fassen können, es mir niemals eingestanden, doch genau ab diesem Moment war es für mich sonnenklar, ich musste sie sehen. Wenigstens ein einziges Mal. Genau das sagte mir Sandra dann auch, sobald sie lange genug nichts als «Oh!» und «Ah!» ausgestoßen hatte:

«Und jetzt würdest du also gerne wissen, wie sie wohl aussieht?»

«Nein, ich habe keine Tochter. Du kennst mich doch, oder? Hab ich etwa Kinder?»

«Sieht jetzt ganz danach aus.»

Wir redeten noch weiter, bis der Akku von meinem Schnurlosen leer war. Dann rief ich sie noch einmal über Handy an, bis dann ihr Schnurloses auch keinen Saft mehr hatte, und dann rief sie noch einmal von ihrem Handy aus an. Nach einer Weile tat mir der Nacken weh, weil ich ihn so lange verkrampft hatte, um mir das Telefon mit der Schulter gegen das Ohr zu klemmen. Ich hatte mir Tee gekocht und Nudeln. Irgendwann hatten wir unser eigentliches Thema aus den Augen verloren und nur noch Blödsinn geredet, uns mit Worten berauscht …

«Wenigstens kannst du daraus lernen, fürs nächste Mal …»

«Soll ich kartonweise Schwangerschaftstests kaufen und niemanden aus meinem Bett rauslassen, solange kein Testergebnis da ist?»

«Spritz doch ab jetzt immer ins Gesicht, systematisch.»

«Oder immer nur noch Arschficken. Du bist ja echt nicht auf den Kopf gefallen.»

Wir quatschten, bis ich Catherine nach Hause kommen hörte. Dann legte ich ganz schnell auf – wie ein Teenie. Wir beide kannten das schon. Ich war total erschöpft, nach mehreren Stunden Telefonieren, das Hirn wie abgestumpft. Meine Gedanken waren nicht mehr glasklar, doch konnten sie mir wenigstens nichts mehr anhaben.

Catherine zog eine Fresse. Ich hatte noch nicht einmal die Kraft, ihr deswegen Vorwürfe zu machen. Ich ließ sie in ihrer Scheiße verschimmeln, pfiff mir drei Equanil rein. Große blaue Tabletten, die ich mir vom ärztlichen Notdienst hatte verschreiben lassen, der reinste Leckerbissen. Und dann ging ich wortlos ins Bett. Ich dachte mir, so bekäme sie mal ordentlich einen Denkzettel verpasst. Ganz gegen ihre Gewohnheit kam sie noch nicht einmal an mein Bett, um fürsorglich nach mir zu schauen. Sie blieb einfach vor dem Fernseher sitzen, wie eine taktlose Alte, unfähig, es zu schnallen, dass sich in ihrem Hause Tragödien abspielten.

∘ ∘ ∘

«Hallo, alter Mann. Ich bin's, Sandra. Melde mich zum Frontbericht ... Bist du da, bist du nicht da, willst du gerade nicht reden?»

Ich nahm ab, versuchte, weiterhin frisch und aufgeräumt zu klingen. Das war ganz gegen meine Gewohnheit: Ich neigte eher zu dramatischen Übertreibungen.

«Hier Hiroshima.»

«Was gibt's denn?»

Ihre Stimme klang wirklich sehr besorgt. Im Fernsehen wiegte sich gerade eine Frau mit schwarzen Haaren und einem Drachen auf dem T-Shirt in den Hüften, rührte sich dabei nicht vom Fleck und hielt sich den Bauch. Man hätte meinen können, sie versuchte vergebens, einen Fuß vom Boden zu lösen. Ich begann zu erzählen:

«Catherine will, dass ich ausziehe. Sie hat einen anderen.»

Catherine, das war jedem klar, konnte nicht ohne mich leben. Natürlich beschwerte sie sich dann und wann, dass ich nur die ganze Zeit vorm Fernseher abhängen würde, nie den Besuch ihrer Freundinnen zu Hause ertrug, mich weigerte, Tiefkühlprodukte zu essen, sie seit Monaten nicht mehr vögelte ... Ab und zu beschwerte sie sich eben über solche Dinge, wie alle Frauen nach 'ner Zeit. Doch nie wurde es ernst. Es reichte jedes Mal voll und ganz, mich fest an sie zu schmiegen, sie kurz zu beruhigen und dann war's auch wieder gut. Sie sah dann ein, dass es für mich nicht einfach war ich befand mich eben in einer schwierigen Phase. Seit fast zwei Jahren stand ich im Zeichen des Saturns und sie wusste genauso gut wie ich, dass Saturn ein besonders schwer erträglicher Planet war.

Ich hatte damals nicht den Eindruck, sie zu verarschen. Mir ging es so häufig schlecht, dass ich es zwar bedauerlich, jedoch auch verständlich fand, ihr so viel zuzumuten. Ich dachte, sie hätte kapiert, dass es sich nur um eine Frage der Zeit handelte und dass ich, sobald ich das hinter mich gebracht hätte, sie natürlich für alles entschädigen würde.

«Und es sieht sogar so aus, als ob sie es ernst meint. Heute früh ist sie mit einer Reisetasche losgezogen. Sie gibt mir eine Woche, bis dahin muss ich raus sein aus der Wohnung. Eine Woche ... wie sie mir mitteilte, sei das bei weitem genug, um ‹'ne neue Doofe› zu finden. Das sagte sie wortwörtlich.»

«Was ist denn passiert?»

«Erstens: Das Arschloch von ihrem Psychiater hat sie total zur Psychopathin gemacht. Zweitens: Sie ist einem dreckigen Wichser auf ihrer Arbeit auf den Leim gegangen, der verspricht ihr wahre Wunder. Drittens: Ich bin gestern früh ins Bett, war ziemlich fertig, von meinem Tag. Sie hat bemerkt, dass meine Schuhe total aufgeweicht dastanden und sich gleich vorgestellt, ich würde regelmäßig nach draußen gehen, hinter ihrem Rücken, nur um sie zu ärgern. Und da hat sie in meiner Jacke herumgestöbert, die ja auch nass war, und die Visitenkarte von Alice gefunden. Daraus schloss sie dann, ich würde mich heimlich mit anderen Frauen treffen. Die ganze Nacht über hat sie sich da reingesteigert. Meinte, immer sicherer zu wissen, dass ich die übers Internet aufreiße … Also hat sie sich mal meinen Computer näher angesehen und dabei so an die 12 000 Adressen von Pornoseiten gefunden … Ist doch sonnenklar, es kam ihr nur gelegen, sich Gott weiß was auszumalen. Sie wäre ja fast schon krepiert, vor Lust, es sich endlich mal woanders besorgen zu lassen. Heute früh wurde ich also wach und fand, dass es mir schon ein wenig besser ging. Machte mich also zu ihr hin, wollte ihr ein Küsschen auf die Wange drücken; als Antwort hätte ich beinahe eins auf die Fresse bekommen … Ich bin zum Staatsfeind Nr. 1 geworden.»

«Das mit Alice, hast du's ihr erklärt?»

«Nein. Ich hab ihr gesagt, das wär 'ne alte Sandkastenbekanntschaft, die jetzt echt in der Scheiße steckt. Da hätt ich nicht kneifen können. Doch das hat sie mir nicht geglaubt.»

«Warum hast du ihr denn nicht gesagt, wie's wirklich war?»

«Ich dachte, falls wir uns wieder versöhnen, und ich halte das durchaus noch nicht für ausgeschlossen, würde ich mich jeden Tag ärgern, ihr's gesagt zu haben.»

«Gar nicht so verkehrt. Gibt's ja wirklich nix, is echt deine Woche.»

«Der Drachenkopf steht genau Neptun gegenüber, dazu kommt Merkur, der wieder abnimmt und dann auch noch Saturn, der sich einfach nicht vom Fleck rührt. Kommt echt alles zusammen.»

«Deine weibliche Ader gefällt mir. Ach, übrigens, was für ein Sternzeichen hat denn die Kleine?»

«Wie soll ich das denn wissen? Außerdem, was geht mich denn dieses Blag an? Hatte daran schon gar nicht mehr gedacht. Danke dir, dass du mich wieder daran erinnerst, wie tief ich in der Scheiße sitze.»

«Also gut, und was willst du jetzt machen?»

«Mich erhängen, nach Ungarn auswandern, einer Sekte beitreten, drogensüchtig werden, Catherine erwürgen und zuvor ihrem Scheißtypen die Eingeweide rausreißen ... Eigentlich hab ich schon immer gewusst, dass ich mal irgendwann 'ne Weile im Knast sitzen würde.»

So hintereinanderher gesagt, hätte man das natürlich für einen Witz halten können, doch das waren wirklich alles Lösungen, die ich bis zu diesem Zeitpunkt in Erwägung gezogen hatte.

«Erzähl mir jetzt bloß nichts von Verantwortung. Ich bin dreißig, ich kenne mich, aus dem Alter, mir was einzureden, bin ich raus: Ich kann kein normales Leben führen. Das übersteigt meine Vorstellungskraft. Miete, Arbeit, Chef, Steuern, U-Bahn fahren, 'ne neue Freundin kennen lernen, Rechnungen bezahlen, die Tage komplett im Keller zubringen, um mir was zu essen kaufen zu können ... Das kann ich nicht, ist mir egal, dann mach ich eben auf Penner, nee, aber wirklich, ist mir doch egal. Ich könnte doch direkt unten vor ihrer Haustüre auf Penner machen, alte Schlampe. Dann wäre sie immer bestens im Bilde über das, was sie mir da eigentlich angetan hat.»

Sandra räusperte sich. Ich wusste, wenn die Leute sich räuspern oder hüsteln, dann wollen sie gleich was sagen, das ihnen unangenehm ist, und daher bereitete ich mich schon mal aufs Schlimmste vor. Inzwischen kannte ich das Spielchen gut:

«Und wegen der Kleinen, hast du dir da was überlegt?»

«Nein. Das ist eigentlich das Gute daran, dass Catherine mich verlassen hat. Das hat mich auf ganz andere Gedanken gebracht.»

«Du musst dich dringend mit ihr treffen. Wenn sie dich sehen will, musst du unbedingt hingehen.»

«Bist du total meschugge, oder was? Du willst unbedingt, dass ich daran zugrunde gehe, stimmt's?»

Gerne hätte ich einfach aufgelegt, doch natürlich hatte ich auch vor, sie zu fragen, ob ich bei ihr wohnen könnte, solange ich nicht wüsste, wohin. Also schluckte ich meinen Stolz runter und ertrug noch eine ganze Weile ihr Geblubber.

Diese Geschichte mit der Kurzen nahm sie sich wahnsinnig zu Herzen:

«Dass die Mutter eine arme Irre ist und zusätzlich noch eine hinterhältige Schlampe – brauchen wir gar nicht drüber zu reden. Dass es für dich schwierig ist, eigentlich sogar 'ne Zumutung – brauchen wir auch nicht drüber zu reden. Doch dafür kann die Kleine nichts und sie hat ein Recht darauf, dich wenigstens einmal zu sehen. Das kannst du ihr nicht abschlagen.»

Und ob ich das konnte. Und nicht bloß aus Egoismus. Wenn ich ein Kind wäre, hätte ich keine große Lust, erfahren zu müssen, dass ich mich zum Vater habe. «Schau mal, meine Kleine, der arme Penner da, das ist dein Papa. Na, freust du dich?» Da war es doch fast besser, sie konnte weiterhin träumen.

«Nein. Wenn ich ein kleines Mädchen wäre, wäre ich froh, dich zum Vater zu haben.»

Voll enthusiastisch war ihr das mal eben so herausgerutscht. Ich schloss daraus, dass sie fast krepierte vor Lust, von mir ins Bett gezogen zu werden. Also genau das, was mir die Lust daran nahm. Sogleich beschloss ich, sobald ich erst einmal in ihrer Wohnung lebte, immer gut aufzupassen und mich nie auf zweideutige Situationen einzulassen und so.

Ich spürte genau, dass sie mich auch schon mit gepackten Koffern vor ihrer Türe stehen sah und bei dem Gedanken ganz schockiert war. Ich beschloss also abzuwarten, bis sie ganz von selbst Schuldgefühle bekam und mir von sich aus vorschlug, doch bei ihr einzuziehen.

«Bruno, du musst kapieren, dass die Kleine nichts dafür kann. Es ist deine verdammte Pflicht, dich mit ihr zu treffen, das bist du ihr schuldig. Sie hat nur einen einzigen Vater und der bist du. Wenn sie dich sehen will, hast du einfach nicht das Recht, sie zu enttäuschen. Gibt vieles, worüber du dich gerne lustig machen kannst, aber sie ist doch ein ganz kleines Mädchen.»

«Verdammt, nun ist aber mal gut. Warum hab ich dir das nur erzählt?»

«Weil du wolltest, dass ich dir so lange in den Ohren liege, bis du endlich hingehst.»

«Jetzt hör endlich auf.»

Doch sie legte sich erst recht ins Zeug und mir wurde klar, dass sie nur nach einem Vorwand suchte, um es sich endgültig mit mir zu verscherzen. So bliebe es ihr erspart, mich bei sich wohnen zu lassen. Sandra gehörte zu denen, die sich nur ungern direkt auf Streitereien einließen. Lieber ging sie Auseinandersetzungen aus dem Weg und sagte eben nicht klar heraus, was sie dachte.

Solange die Probleme weit weg waren, war sie immer schnell dabei, auf tugendhaft und verständnisvoll zu machen. Doch sobald ich bis zum Kopf in der Scheiße steckte, war sie noch nicht einmal in der Lage, mich bei ihr aufzunehmen. Von wegen Freundin … Ich ließ die Sache auf sich beruhen, unterbrach sie: «Sandra, ist o. k., du kannst einpacken. Als ich dich ein einziges Mal wirklich gebraucht hätte, da hast du mich hängen lassen. Kapiert? Das verzeih ich dir nie.»

Und dann legte ich auf, in der Hoffnung, meine Worte würden wie ein Fluch auf ihr liegen und sie krank machen.

Ein bitteres, furchtbares Gift passierte alle Stationen meines Körpers, machte mir sämtliche Eingeweide und Neuronen kaputt, doch ich wusste einfach kein Gegenmittel. Ich hatte die Schnauze voll davon, mich ständig wie in tausend Teile zerfetzt zu fühlen. Ich wünschte mir, das möge endlich ein Ende haben. Doch die Tabletten, die ich nahm, machten mich düster und lahmarschig, von unbeschwert keine Rede. Scheißdroge, wie alle Drogen der Weißen übrigens.

Ich machte mir einen Tee; diese Angewohnheit, den ganzen Tag über Tee zu trinken, hatte ich von Catherine. Die Frauen kamen und gingen. Doch jede hinterließ ihre Spur. Eine Angewohnheit, eine Ausdrucksweise, eine klitzekleine Veränderung. Zärtlich-bitteres Nachsinnen über Geschichten, die immer gut begannen.

Ich wartete, bis das Wasser zu kochen begann, starrte dabei an die Decke, die von einer dicken braunen Schmierschicht überzogen war, vom Gasofen. Als ich eingezogen war, hatten wir alles gelb gestrichen. Ein sehr schmaler Raum, mit Teedosen, Gewürzen und Metalldosen zugestellte Regale. Von Postkarten übersäte Wände und der Kühlschrank voller schwachsinniger Magnete. Ein etwas versiffter, doch heimeliger Ort. Von hier wollte ich mich nicht verjagen lassen. Ich wollte mich zurückversetzen lassen in die ersten Monate, als es noch in ihrem Gesicht geschrieben stand, dass sie glücklich darüber war, dass ich bei ihr war, als wir uns jeden Morgen fundamentale Dinge zu sagen hatten, über uns selbst, die Welt, was aus uns beiden einmal werden würde. Als sie mich noch für einen guten Typen hielt. Als ich mir noch Mühe gab, damit das auch plausibel wirkte. Als sie mir mit den Fingerspitzen Wörter auf den Rücken schrieb, und ich mich konzentrierte, um sie zu entziffern. Von hier wollte ich mich nicht verjagen lassen. Der ständige Geruch nach Räucherstäbchen, den ich immer eklig gefunden hatte, sollte mich auch morgen noch einlullen. Alles schloss ich plötzlich in mein Herz, ihre Bierhefe, die Magnesiumtabletten und die Tees mit Spinatgeschmack. Das ganze Dreckzeug, mit dem sie auf Öko-Tussi machte und über das ich mich noch gestern furchtbar hätte aufregen können. Und auch wenn ich's selbst war, der es so weit hatte kommen lassen, von hier wollte ich mich nicht verjagen lassen.

Ich nahm einen Teller und schleuderte ihn gegen die Küchenwand. Netter Klang, nettes Bild. Ich schmiss alle kaputt, immer mit links, denn rechts tat immer noch alles weh. Anschließend nahm ich mir die Gläser vor, doch ich hatte schnell die Schnauze voll. Bloß nie zu viel des Guten. Ganz kurz überlegte ich mir, ob ich durch die Scherben laufen und die ganze Wohnung mit Blut voll schmieren sollte, doch ich verzichtete drauf.

Ich dachte, ich hätte mich wieder unter Kontrolle, als ich zurück ins Wohnzimmer ging. Ich setzte mich vor den Fernseher, um mir einen Joint zu drehen, stellte aber fest, dass ich keine Blättchen mehr hatte. Nur zwei Sekunden und ich war schon wieder mit den Nerven am Ende. Ohne selbst zu verstehen, was ich da eigentlich tat, lag ich plötzlich am Boden, wälzte mich hin und her und prügelte dabei auf mich ein, schlug immer wieder mit dem Kopf auf den Fußboden und brüllte dabei wie ein Irrer.

Ziemlich bald ging ich mir damit selbst auf den Sack. Ich war irritiert. Ich war immer davon ausgegangen, dass ich mit den Nervenkrisen bloß bei den Leuten Eindruck schinden wollte, sie dadurch zu bestimmten Dingen zwingen wollte. Manchmal klappte das, manchmal nicht. Doch nie hatte ich kapiert, dass ich mich schlicht und ergreifend nicht unter Kontrolle hatte.

Danach tastete ich mir den Kopf ab, immer mit der linken Hand. Da begann ich dann wirklich auszuflippen, auf einmal war mir kotzübel und ich bildete mir ein, ich hätte ungewöhnlich starke Schmerzen … Schließlich rief ich den ärztlichen Notdienst an. Ich wollte, dass die mir Stressam verschreiben, ein Mittel, das mir echt gefallen hatte. Und dann wollte ich auch noch als Notfall ins Krankenhaus eingeliefert werden, damit ich Catherine von der neurologischen Abteilung eines Krankenhauses aus anrufen konnte. Während des Gesprächs dann bloß nicht uncool wirken, ihr erklären, dass gerade eben die Untersuchungsergebnisse eingetroffen seien, noch diesen Monat würde ich sterben, ob sie so nett wäre, mir wenigstens ein paar Sachen zu bringen, täte mir Leid, wenn ich sie stören müsste, doch sonst gäbe es ja niemanden, den ich hätte fragen können …

Es war eine Ärztin, die kam. Eine Brünette mit ernster Miene, sehr schlank, kleiner Busen, charmant. Es tat mir für sie Leid, dass sie so nach Hause zu den Leuten gehen musste, mit kleinem Köfferchen und tadellosem Arsch. War eher mal anzunehmen, dass sie's oft mit Schwachköpfen und deren schwachköpfigen Bemerkungen zu tun bekam.

Sie maß meinen Blutdruck, schaute mir mit einer kleinen Lampe in die Augen, tastete mir den Nacken ab und horchte auf meine Herztöne. Ich fand das klasse. Ich stellte mir vor, mit einer Ärztin zusammenzuleben, sie ständig fragen zu können, ob sie mal kurz nachschaut, ob auch alles in Ordnung sei, jeden Morgen und jeden Abend. Ich sagte mir, dass ich bestimmt ein ganz anderer Mensch sein würde, wenn mich diesbezüglich eine Frau immer gleich beruhigen könnte.

Da ich nicht wollte, dass sie viel zu schnell wieder ging und weil sie auch keinen falschen Eindruck von mir haben sollte, erklärte ich ihr ziemlich genau, was mir passiert war. Sie sollte bloß nicht von mir denken, ich hätte jeden Tag solche Anfälle. So erzählte ich ihr alles über Alice, Catherine … Sie hörte mir zu, saß dabei fast am Rand des Sofas, hielt ihre Hände brav über den noch zusammengepressten Schenkeln gefaltet. Sie trug eine graue Bluse. Hübscher, sehr zarter Hals. Ich dachte an ihr Schlüsselbein, spürte es in Gedanken unter meinen Fingerspitzen. Ich malte mir aus, wie sie mich in ihre Arme schloss und mich tröstete. Sie war ganz der Typ Frau, der weiß, wie man zärtlich ist, den anderen streichelt und ihm etwas ins Ohr flüstert. Sehr konzentriert hörte sie mir zu. Bevor sie antwortete, dachte sie kurz nach, blickte mich mit ihren großen Augen an. Den Kopf hatte sie hübsch nach vorne gebeugt. Ihre Stimme klang ganz sanft und feierlich, ein klein wenig traurig:

«Sie müssen sich mit diesem kleinen Mädchen treffen. Für sie ist es lebensnotwendig, ihren Papa kennen zu lernen, wissen Sie.»

Ich riet ihr sehr freundlich, sich vielleicht doch besser nach einem anderen Job umzuschauen und geleitete sie zur Tür.

° ° °

Die Tage danach verlebte ich wie in Watte gepackt. Irgendwie wartete ich ständig auf einen Anruf von Catherine, ob ich ihr noch einmal verzeihen und sie wieder zu mir nehmen könnte. Ich hätte das sofort getan, keine Frage. Ich wartete auch darauf, dass Alice anrief, um mir zu erklären, dass sie an schizophrenen Anfällen litt, dass alles natürlich nur ein Witz gewesen war.

Jeden Morgen nahm ich mir vor, mein Adressbuch durchzugehen, um nach einem Unterschlupf zu suchen. Doch stattdessen drehte ich mir einen Joint nach dem anderen und fand, dass die Zeit ungewöhnlich schnell verstrich.

Ich rief meine Mutter an, erklärte ihr, dass Catherine einen anderen gefunden hätte. Nüchtern bemerkte sie: «Schon wieder eine Niederlage.» Dann fragte ich sie noch, ob sie mir ein wenig Geld borgen könne, darauf musste sie unbedingt ein pathetisches: «Weißt du eigentlich, wie alt du bist?», fallen lassen, bevor sie sich bereit erklärte, mir tausend Francs zu schicken. Ich hab mit ihr bitter verhandeln müssen, bis wir bei zweitausend waren. Ihre Worte waren eindeutig so gewählt, dass ich mich bitte schämen sollte, doch das war ihr Problem. Übrigens gab ich ihr auch gründlich zu verstehen, dass mein Bruder, ihr kleiner Liebling, an dieser Trennung nicht so ganz unbeteiligt gewesen war. Zehn Minuten später rief er bei mir an, außer sich. Ich ließ ihn sich auf dem AB austoben, hatte noch nicht einmal Bock, ihn direkt fertig zu machen.

Ich ging raus, sogar mehrere Male. Zum Tabakladen, zum Mini-

Markt. Es war überhaupt nichts dabei, gerade so, als sei ich im vergangenen Jahr jeden Tag rausgegangen. Ganz schön enttäuschend. Nichts hatte sich verändert. Nicht die Spur von dem erhofften Gefühl, mich wie Robinson Crusoe nur ganz schwer wieder an alles gewöhnen zu können. Dennoch beglückwünschte ich mich selbst, es so lange geschafft zu haben, von der Bildfläche zu verschwinden, denn es war arschkalt, die Leute guckten miesepetrig drein und alles war dreckig, aggressiv und laut.

Vor allem die Frauen waren bei weitem viel hässlicher als im Fernsehen. In erster Linie lächelten sie nicht so viel und es war nicht so sonnenklar, dass sie einfach nur Spaß mit dir haben wollten.

An einem Abend brachte ich eine Flasche Jack Daniels mit nach oben, hatte schon seit einem Jahr keinen Tropfen mehr angerührt, Catherine war da absolut strikt, Vegetarierin und Antialkoholikerin. Das war so ziemlich alles, was die blöde Ziege noch über Rock 'n' Roll wusste. Das erste Glas war richtig unangenehm, doch beim zweiten wurde es mir bereits wohlig warm. Am Ende war ich megabreit, euphorisch und total überzeugt, dass alles wieder in bester Ordnung sei. Dass ich gleich die Gelegenheit nutzen würde, um mir eine größere Wohnung zu suchen. Ich versprach mir hoch und heilig, meinen Roman innerhalb von sechs Tagen zu schreiben, was ich absolut machbar fand, nur eine Frage der inneren Einstellung. Was diese Geschichte mit dem kleinen Mädchen anging, war mir einfach nicht mehr klar, wieso mich das überhaupt etwas angehen sollte. Ich fläzte mich hin, breitete die Arme aus, drehte die Stooges voll auf, war stockbesoffen und beglückwünschte mich, dass ich endlich die Alte losgeworden war, die sich zwischen mich und den Alkohol gestellt hatte. Ich war mir todsicher, dass es allein der Alkoholentzug gewesen war, der mich vom Schreiben, ja selbst vom Rausgehen abgehalten hatte …

Nachdem ich den zweiten Tag mit dem Kopf über der Kloschüssel zugebracht hatte, war ich schon etwas weniger überzeugt von meiner Theorie. Ich kotzte selbst noch, als ich schon gar keine Magensäure mehr hatte, kotzte raus, was lieber hätte drin bleiben sollen, und verzichtete freiwillig drauf, wieder mit dem Trinken anzufangen. Ich kippte den Rest der Flasche ins Spülbecken und baute mir einen Riesenjoint, um endlich das Koma zu überwinden. Ich war deprimierter als jemals zuvor und absolut unfähig, auch nur einen einzigen klaren Gedanken zu fassen, ich konzentrierte mich viel zu sehr allein auf meine Krankheit. Das hatte in meinem Fall allerdings auch Vorteile. Auf dem Sofa in mich zusammengesackt, eiskalter Waschlappen auf der Stirn, so lamentierte ich vor mich hin und sah dabei fern.

Kanal AB1, ein ganzer Stamm von Schwarzen in Sportklamotten drehte vor der Fernsehkamera voll auf, ein Rap-Videoclip jagte den nächsten, Nutten und Kerle in Riesenschlitten. Der große Triumph der schillernd bunten Geschmacklosigkeit. Kanal J, computeranimierte Bilder, eine Kriegsmaschine der Zukunft. Eine Truppe hatte sich da reingezwängt, musste Bomben über dem Ozean abwerfen, es gab da ein Problem mit dem Sonargerät. Tiji, ein kleiner gelber Hund als Zeichentrickfigur, fährt Schlitten mit einem seiner Kumpels, auch ein Hund, ganz grau. Cartoon Network, noch ein Zeichentrickfilm. So eine Art Batman, ziemlich schäbig, prügelt sich mit einem ganz grauhaarigen Typen, schon wieder in der Zukunft, schon wieder eine Kampftruppe. Ein Monster in einem Käfig will anscheinend ausbüxen. Fox Kids, Zeichentrickfilm. Prinz Frantz kämpft gegen einen Typen mit Kinnbärtchen, zieht ihm eins mit dem Säbel drüber, der Typ will ihn ganz oben von einem Turm runterschmeißen, doch der Prinz wird wieder Herr der Lage und am Ende stolziert er vor dem ausgelassenen Volk auf und ab, «Es lebe der König!» Eine blonde Prinzessin wirkt extrem erleichtert. Disney-Kanal, Zeichentrickfilm, Drachen und Schlangen scharen sich um einen kleinen, gefesselten Kerl. Eine Prinzessin, die Dee Dee heißt, zückt ihr Schwert, doch das scheint den Schlangen überhaupt nicht zu gefallen. Game One, ein Hohlkopf sucht nach «Gaps und geheimen Orten», verspricht dabei jede Menge «Tricks», ich verstehe rein gar nix. MCM, unter einem Wasserfall stehende Frauen scharren leicht mit dem Hinterfuß. MCM 2, gleiches Spiel, doch gemischte Truppe: Ein fescher Typ und Nutten tanzen auf einem Parkplatz, strecken dabei einmal allesamt ihre Arme nach rechts, dann nach links. MTV, lauter Blagen hüpfen über den Bildschirm, gucken dabei total genervt …

Ich war wie gebannt, zappte nur noch von einem Spaßkanal zum anderen. Monatelang hatte ich Catherine in den Ohren gelegen, ihr gesagt, ein guter Autor sei ein Autor, der im Fernsehen alle Satellitenkanäle empfangen kann, also sei das eine wichtige Investition. Sie gab irgendwann nach. Immer wenn ich mich daran erinnerte, wie sehr sie sich bemüht hatte, es mir recht zu machen, stieg erneut Ekel in mir auf.

Ich verbrachte meinen Tag damit, mir im Fernsehen das Kinderprogramm anzuschauen. Da wurde ordentlich Müll reingeballert in die Köppe der Kleinen …

Allen unter zwölf das Gehirn wegblasen. Auf Nummer sicher gehen, dass die Kleinen auch wirklich genügend Cola pro Tag trinken. In jeden Kinderschädel eindringen und ihn mit Lügen durchlöchern: Das Glück besteht darin, angepasst zu sein. Angepasstheit erreicht man, indem man sich Sachen kauft. Und dafür muss man gehorchen, sich voll und ganz zurücknehmen. Um sich von der Menge abzuheben, legt man sich gefälligst Wertgegenstände zu. Und am allerwichtigsten: bloß niemandem auf die Nerven gehen. Angepasst bedeutet glücklich sein und immer der Erste in allem, was Besseres gibt es nicht. Eine Gesellschaft erwachsener Menschen, die ihre eigenen Kinder frisst, sie auf zynische Art gierig verschlingt. Denn das Einzige, das letztendlich zählt, ist, deinen Chef von der oberen Etage zufrieden zu stellen: Hast du deine Burger deine CDs DVDs Turnschuhe Rucksäcke Püppchen schönen T-Shirts gut an den Mann gebracht? Hast du sie in Massen umgesetzt, sie teuer genug verkauft? Damit dein Chef von der oberen Etage mit deinen Ergebnissen zufrieden ist. Jede weiter gehende Überlegung würde als Anachronismus bewertet und mit einem einzigen Achselzucken weggewischt werden.

Niemals wurde Propaganda besser gemacht und niemals war Propaganda derart zynisch. Selbst in den Fällen schlimmster Indoktrinierung, ob durch Stalin, Hitler, die Zionisten oder die Palästinenser, die Katholiken oder die Scientologen, bekamen die Lehrer erst einmal selbst das Hirn formatiert und glaubten an das, was sie erzählten. Inzwischen war man weiter, die Direktoren eines Senders, die Regisseure der Video-Clips, die Produzenten der großen Konzerne, die leitenden Angestellten im Marketing-Bereich: alle wussten genau, dass sie Unschuldige betrogen. Sie fanden sich selbst modern und hart, verglichen sich gern mit großen, wilden Tieren. Dabei waren sie nur ein Haufen von Schwachmaten, die ihrem Chef eine Freude bereiten wollten, es auf eine kleine Geste der Zustimmung von ihm abgesehen hatten. Frenetisch und hirnverbrannt zogen alle am selben Strang: Dass dies teuflisch wirken musste, war noch nicht einmal beabsichtigt. Stumpfsinnige Zerstörerwut. Dumpfbackige Agenten, auf Kindesmissbrauch abgerichtet und deshalb zu allem bereit.

Da die ganze Angelegenheit zum Himmel stank, durchfuhr es mich eiskalt. Bisher hatte ich darüber noch nie nachgedacht. Es gab nicht mehr viele Dinge, über die ich noch nachdachte; ich hielt es damit wie die meisten Leute um mich herum. Am Ende vermischten sich lediglich Betroffenheit und eh egal; man beschränkte sich darauf, abzuhängen und alles lächerlich zu finden. Man hatte sich daran gewöhnt, dass alles schon lange im Arsch war, wer bitteschön hätte deshalb noch Magengeschwüre bekommen. Die Geschichte hatte uns eben den Kürzeren ziehen lassen, endgültig. Da hatte man gelernt, Wut für eine längst veraltete Gefühlsregung zu halten.

Ich schaltete zurück auf die Sender für Erwachsene, sah einen Ausschnitt aus *Wild at Heart*, erinnerte mich an den Sommer, als der Film anlief. Und ich konnte mir den Gedanken nicht verkneifen, dass sie da noch gar nicht geboren war. Irgendwann hatte es sie also noch nicht gegeben, und dann war sie plötzlich auf der Bildfläche erschienen. Eine merkwürdige Faszination ging von diesem Gedanken aus. Ich konnte das drehen und wenden, wie ich wollte, ich raffte es einfach nicht. Dass sie etwas mit mir zu tun haben sollte, fand ich abstoßend und anziehend zugleich.

Was genau war ich eigentlich für sie? Ein Erzeuger, den man mal gesehen haben möchte, um ihn dann getrost zu vergessen. Ein Abwesender. Ein Toter. Eine vage Vorstellung.

Ich sagte mir, dass das wirklich absolut an Klasse zu wünschen übrig ließ, ein Papa, der noch nicht einmal ein Auto besaß. Ich nahm mir vor, wie folgt vorzugehen: Erst den Führerschein zu machen und mir dann eine Karre zu besorgen. Ja, und dann konnte ich mich vielleicht einmal mit ihr treffen. So könnte ich ihr von weitem zuhupen, damit sie sieht, wo ich mit dem Wagen stehe.

Diese Art von Vorstellungen verkniff ich mir inzwischen weniger als noch vor ein paar Tagen. Ich war es leid geworden, mein Hirn nach allen Seiten abzuschotten, die Überfälle wurden einfach zu zahlreich.

Ich konnte noch immer nicht an all das glauben, was mit mir passierte. Ein dickköpfiges Kind hatte sich in meiner Brust verschanzt, mit verschränkten Armen, und schmollte. Es wartete darauf, dass so eine Art Gott von der Decke herabstieg. Ein Erwachsener, der für die ganze Scheiße verantwortlich zeichnete und das alles nun wieder in Ordnung brachte und zwar schnell.

Übersetzt hieß das, ich wartete noch immer darauf, dass Catherine anrief und mir sagte, sie könne ohne mich nicht leben und würde nun nach Hause kommen, um sich um alles zu kümmern.

Doch als sie nach sieben Tagen zum ersten Mal wieder bei mir anrief, wollte sie lediglich von mir wissen, ob ich auch wirklich den Tag drauf endlich abhauen würde.

«Endlich abhauen», genau so hatte sie es gesagt.

Ich bat sie, sich mit mir zu treffen, noch einmal über alles in Ruhe zu sprechen. Doch sie hatte nur im Kopf, mich wie einen Aussätzigen davonzujagen.

Ich ließ meinen Blick durch die Wohnung wandern und geriet in Versuchung, doch noch alles in Brand zu stecken. Dann aber kramte ich eine Reisetasche hervor, setzte zu meinem letzten Rundgang an und füllte die Tasche mit CDs und Pullovern. Ich nahm mir Zigaretten, den Umschlag mit dem Haschisch, obgleich da nur noch Krümel drin waren, ich nahm mein Handy und mein Portemonnaie, und dann ging ich, ohne hinter mir die Tür zuzumachen.

Ich hatte mit einem jähen Schock gerechnet. Mit einem explosionsartigen Einbruch, den man nicht so schnell vergaß, doch nichts dergleichen. Allmählich wurde mir klar, dass der Schock, den Alice durch ihre Mitteilung bei mir ausgelöst hatte, so tief saß, dass ich seither wie betäubt war. Wie die Spritze im Mund beim Zahnarzt, wenn es ein paar Stunden dauert, bis man wieder spürt, ob man sich gerade auf die Zunge beißt. Ich spürte überhaupt nichts mehr. Das war zwar nicht wie bei Morphin, wo man plötzlich wieder im Bauch der Mutter herumschwamm, aber immerhin.

Ich rief Thierry an, meinen alten Kumpel aus Spielplatztagen:

«Hey, alter Mann, ich stecke ganz schön in der Scheiße, kann ich mal bei dir vorbeischauen?»

Er war verlegen, ich war mir hundertprozentig sicher, dass seine Freundin mit im Zimmer war. Die konnte mich noch nie leiden, behauptete, ich fiele allen Leuten zur Last. Seit Thierry mit ihr zusammen war, hatten wir den Kontakt zueinander eingestellt. Er verabredete sich mit mir in einer armseligen Bar bei ihm um die Ecke. Ich fuhr mit dem Bus dorthin, wollte wissen, ob das in mir Angstzustände auslösen würde oder ob es mir gut bekam. Haltestelle des 31er Busses. Ich wartete neben einer Frau mit Kinderwagen und kreischendem Baby drin. Ein alter, stark gebeugter Mann spuckte bei jedem Husten aus. Ein Chinese schleppte riesige Einkaufstüten. Als der 31er kam, hielt ich den grünen Knopf so lange gedrückt, bis die Frau mit dem Kinderwagen zugestiegen war. Sie bedankte sich nicht einmal, war misstrauisch und scheu. So musste ich mir selbst gratulieren, zu Ritterlichkeit und gutem Sozialverhalten.

Fahrkartenkontrolle. Ausgerechnet wenn ich nach Monaten mal wieder mit dem Bus fahre, habe ich zufällig keine Fahrkarte dabei und gerate dann natürlich in eine Kontrolle. Ich hab ja immer so ein Glück.

Dank eines etwa Fünfzehnjährigen wurde ich gerettet. Ein groß geratener Weißer, der albern aussah: ziemlich langes, leicht gewelltes Haar, komisch geschnitten. Er wollte weder seine Fahrkarte noch seinen Ausweis zeigen, tat vollkommen entrüstet, machte ein Riesentrara. Er beschimpfte die Frau in Grün, die sich mit ihm befasste, daraufhin griffen ihre beiden Kollegen ein. Er sollte aussteigen und mit ihnen zur Wache gehen, doch das Babyface schrie wie ein Irrer. Sie schubsten ihn leicht, worauf er behauptete, sie hätten ihm den Knöchel gebrochen, und er begann ihnen zu drohen: «Ich werde Anzeige gegen Sie erstatten.» Ganz offen gesagt ist denen das dann einfach zu bunt geworden. Statt ihn weiterhin nur mit Samthandschuhen anzufassen, zogen sie ihn nach draußen.

Niemand im Bus bewies Sympathie oder interessierte sich für den Jungen. Man war höchstens leicht verärgert, der Bursche machte einfach zu viel Lärm. Es war ganz offensichtlich, die hätten den Jungen halb tot treten können, den Zuschauern hätte sich noch nicht einmal der Magen umgedreht. Es war ein Bus mit Parisern drin, auf seine Mitmenschen zu achten war hier verpönt.

Mir wurde klar, es verhielt sich hiermit wie beim Radfahren: Gemein zu sein verlernt man nicht.

Thierry wirkte leicht gebeugt, wie von seiner Alten in die Knie gezwungen. Nie war er bei den Weibern besonders erfolgreich gewesen. Das war eigentlich einer der Hauptgründe für unsere Freundschaft. Auch wenn ich es niemals zugegeben hätte, es war angenehm, mit einem Kumpel abzuhängen, für den sich die Frauen nicht interessieren. Das war ganz einfach aufwertend für einen selbst und sehr praktisch: kein Konkurrenzkampf, kein Wortbruch, keine Verdächtigung. Dass er den Weibern am Arsch vorbeiging, hinderte ihn nicht daran, ein guter Kumpel zu sein. Loyal, immer zu Späßen aufgelegt, ausgehfreudig. Fan von Motörhead und der Gruppe «Lions indomptables du Cameroun».

Ich setzte mich ihm gegenüber.

«Du siehst aus wie Salman Rushdie, nur halt in Blond. Ist mir bisher noch gar nicht aufgefallen.»

«Wundert mich nicht, dass du kaum noch Freunde hast.»

«Verdammt, da gehört schon 'ne Menge Pech zu, wie Salman Rushdie auszusehen und noch nicht mal Bücher zu schreiben, echt ey. Wo's schon an sich grenzwertig ist, Bücher zu schreiben ...»

Ich rieb mir die Schenkel, während ich mit ihm sprach, konnte kaum ruhig bleiben auf meinem Stuhl. Ich war eigenartig euphorisch und überdreht. In einem sehr misstrauischen, fast erniedrigenden Tonfall stellte er mir eine Frage:

«Was machst du überhaupt draußen?»

«Hab meine Angstzustände eingestellt. Der Quatsch interessiert mich nicht mehr. Weiß noch nicht mal mehr, was ich da überhaupt gemacht hab, so lange eingesperrt. Dann kommt das ja ganz gut hin, wirst du mir jetzt sagen, denn Catherine hat 'n Neuen und mich vor die Tür gesetzt.»

Sofort wurde er mitfühlend. Sein ganzes Misstrauen war wie weggeblasen. Ihm nämlich hatten die Weiber echt übel mitgespielt:

«Die gehen einem ganz schön auf'n Sack, verdammt nochmal, aber echt ...»

«Was mir dabei auf'n Sack geht, ist eher, ich hab mich von ihr bemuttern lassen und sitz nun richtig in der Scheiße. Arbeiten tu ich ja schon länger nicht, und jetzt hab ich auch keine eigene Wohnung mehr ... Ich steh echt total auf der Straße. Erst behandelt sie mich voll wie 'n Kind, dann lässt sie mich wie 'n Aussätzigen fallen.»

An der Stelle spürte ich aber, wie er sich sträubte, gegen meine Theorie von wegen Catherine die Hexe, die es ganz bewusst darauf abgesehen hat, mich wieder in die Unselbständigkeit eines Kindes zu versetzen, bloß um mich dann ein für alle Mal zu vernichten. Ich sagte nichts, aber es nervte mich tierisch. Wenn einem noch nicht einmal mehr die eigenen Kumpels dabei behilflich sind, sich selbst etwas vorzumachen, wozu hat man die dann überhaupt?

Thierry ging augenblicklich in die Defensive:

«Ich kann dir da nicht weiterhelfen wegen der Wohnung, du weißt ja, wie Célia ist, sie ...»

«Ich weiß, sie kann mich auf den Tod nicht ausstehen.»

«Und sie ist auch nicht gerade unkompliziert, das kann man echt nicht behaupten.»

Um Thierry so weit zu bringen, dass er sich über eine beschwert, die auf ihn stand, da musste sie wirklich obernervig sein, dachte ich mir. Ich hoffte fast, sie möge ihm möglichst bald den Laufpass geben, damit wir uns endlich wieder unter Kumpels treffen könnten, so wie früher.

Ganz plötzlich tat mir der Rücken weh. Ein unerträglicher, stechender Schmerz. Ich neigte den Oberkörper nach hinten, streckte mich, hörte Thierry, der mir von der letzten Plattenmesse in Champerret erzählte, nur noch mit halbem Ohr zu. Er war Sammler. Als Kind mochte er Platten gern, und mit der Zeit wurde das immer schlimmer. Je uninteressanter sein Leben wurde, desto mehr konzentrierte er sich auf ausgefallene Platten. Auch wenn's immer wieder amüsant war, ihn zu beobachten, wie er sanft auf die Schallplatte klopfte, um abzuschätzen, wie dick sie wohl sein mochte, war sein Tick langfristig doch eher mal hart an der Grenze.

Auf einmal war mir Thierry nicht mehr ganz geheuer. An ihm

merkte ich, wie alt wir inzwischen waren. Denn ihm war das Alter nicht gut bekommen. Nur noch spärlich behaarte Schläfen, Klamotten wie 'n alter Hardcore-Fan, doch die Eleganz war futsch. Bei der Art von Kleidung braucht man auch entsprechend Stil, sonst ist das alles ziemlich daneben.

Mir fiel wieder ein, warum ich nicht mehr ausging, nichts mehr trank, meine Kumpels nicht mehr sah. Wir fingen an, alt zu werden, alle durch die Bank, und wir konnten überhaupt nicht damit umgehen. Ich wollte das nicht mit ansehen.

Das mit Alice hab ich ihm dann aber doch noch erzählt, auch wenn ihm der Name absolut nichts sagte: «Du hast so viele Weiber abgeschleppt, unmöglich, sich da noch an jede Einzelne zu erinnern.» Thierry hielt mich für den größten Schürzenjäger aller Zeiten.

Er fing total an zu lachen, klopfte mir auf die Schulter und nannte mich «Papa». Fast hätte ich's ihm krumm genommen, doch dann bekam ich selbst den totalen Lachanfall. Er hatte ja Recht, im Grunde war das alles ziemlich komisch. Wenn's mir nicht selbst passiert wäre, hätte ich's wahrscheinlich auch auf Anhieb witzig gefunden.

Das brachte uns einander wieder etwas näher. Fast hätte ich mir sogar noch ein Bier bestellt, doch dann musste ich mir vorstellen, wie ich noch am gleichen Abend besoffen mit meiner Reisetasche auf der Straße stehen würde, irgendwo schnarchend auf einem Bürgersteig. Das gefiel mir überhaupt nicht. Also verhielt ich mich lieber mal ganz ruhig und schlürfte weiter an meinem Glas Limo. Eine Stunde lang war wieder alles wie gehabt.

Da ich mich ja allmählich daran gewöhnen musste, fragte auch er mich:

«Und triffst du dich nun mit der Kleinen?»

Ich hob die Hand:

«Ich hab schon genug Ärger, vielen Dank.»

Er zuckte die Schultern:

«So darfst du das nicht seh'n. Versteh's doch eher als eine Chance. Du hast eine Tochter, das heißt, du wirst nie als der Arsch dastehen, der es in seinem Leben zu überhaupt nix gebracht hat. Und obendrein hast du noch die Phase mit den Windelhöschen, ich kotze alles voll und der Rotz läuft mir nur so aus der Nase, glattweg übersprungen. Das ist doch wohl eher eine große Chance.»

Ich dachte über seinen Standpunkt nach, blieb jedoch weiterhin skeptisch. Dann hat er sein Handy wieder eingeschaltet. Er war entsetzt, als er sah, wie spät es schon war. Er drehte die Verzehrbons um und kramte nach Münzen, um zu bezahlen. Wir ließen die üblichen Kommentare vom Stapel:

«Scheiße, darf doch nicht wahr sein, wie teuer das ist in dieser Stadt.»

Beim Aufstehen bat er mich, noch bis zum Krötenspucker mit ihm zu gehen. Wo er mich schon nicht bei sich schlafen lassen könnte, würde er mir gerne tausend Francs leihen. Er entschuldigte sich, dass er nicht mehr für mich tun könnte und ich sagte, das sei ja wohl schon ziemlich nett von ihm und versprach, ihm das Geld ganz schnell wiederzugeben. Immer wenn ich mir Kohle borgen wollte, und man mir sie freundlich gab, bekam ich einen kleinen Dankbarkeitsschub, während zugleich eine Welle der Scham über mich hereinbrach. Ein paar Stunden lang war ich dann bester Laune, wild entschlossen, den verdammten Stier endlich bei den Hörnern zu packen und ihn ganz weit von mir weg, zurück auf seine blöde Koppel zu jagen. Doch dieser Mut hielt bei mir nicht lange vor: Ganz fix hatte ich die Kohle wieder verbraten und kämpfte erneut gegen Bitterkeit und Angst.

Er trat auf dem Bürgersteig von einem Fuß auf den anderen, ganz offensichtlich sehr verlegen, mich bei Einbruch der Dunkelheit einfach so stehen zu lassen:

«Tja, also dann … hören wir bald wieder voneinander?»

Gezwungen lächelten wir uns an, dann kehrten wir uns den Rücken zu. Ich fühlte mich wie ein kleiner Junge in dem Moment, wo es von den Kumpels aus dem Ferienlager Abschied nehmen heißt. Man weint nicht, wenn die Kumpels in der Ferne verschwinden, das ist einfach nicht angesagt. Man ist kein Weichei, man geht damit nicht um wie mit einer Krankheit. Dennoch gab es keine einzige Frau, ja überhaupt niemanden, mit dem zusammen ich so viele Dinge erlebt hatte. Ganz bestimmt waren das die größten Momente meines Lebens gewesen, als wir uns mit den Ellenbogen anstießen und uns gegenseitig einen ausgaben, die Plattenkästen durchwühlten und zu irgendwelchen Konzerten rannten. Ohne es überhaupt zu merken, fühlten wir uns wie ein Wesen mit zwei Köpfen, als seien unsere Hirne miteinander vernetzt.

Dann wurden die Leute um uns herum, also unsere Freunde, erwachsen. Sie sprachen über Geld, Erfolg, fingen an, Kinder und zugleich Pläne für eine große Karriere zu kriegen. Nur ich und Thierry, wir ließen uns noch ein paar Jahre Zeit, zogen dabei immer am selben Strang, wollten uns einfach nicht unterkriegen lassen. Dann war Schluss mit lustig, vor der Bühne fiel der Vorhang und nun wusste ich nicht mehr so recht, auf was das eigentlich hinauslaufen sollte.

○ ○ ○

Ich landete in einem Hotel, Boulevard Barbès, gleich neben Champion. Mein Zimmer war zwar ganz schön versifft, aber voll o. k.

Ich fühlte mich total gut. Seit Monaten hatte ich mit einer alten Depression zu kämpfen gehabt, so wie mit einem Schnupfen, den man einfach nicht loswird. Doch jetzt, wo mir echt die Scheiße bis zum Hals stand und ich absolut nicht mehr wusste, wie ich da wieder rausfinden sollte, war ich zufrieden wie ein kleiner Junge, dem man schöne Spielsachen versprochen hat.

Ich legte mich vollständig angezogen aufs Bett, machte den Walkman an und hörte die Stooges. So wie bei Prousts alles auslösender Madeleine fielen mir bei *1969* sämtliche Gesichter, das Dekor und die ganze Stimmung wieder ein … Tonnenschwer lasteten die Erinnerungen auf mir, doch an jenem Abend fand ich das noch nicht einmal schlecht …

Ich rollte mir einen letzten Joint, und kurz vor dem Einschlafen gestand ich mir, dass diese ganze freudige Erregtheit nicht einfach organisch bedingt war, nicht bloß eine Reaktion des Gehirns, um der Katastrophe vorzubeugen. Ihre Wurzeln gingen vielmehr auf einen ganz simplen Sachverhalt zurück: Ich hatte plötzlich Lust, mir einmal anzuschauen, wie meine Tochter wohl aussah.

Am nächsten Morgen rief ich Alice an, um sie vorzuwarnen.

Zweiter Teil Vater und Tochter

«Mein Vater sagte auch: Diese Welt ist misslungen, also gibt es überhaupt keinen Grund, warum die andere besser sein sollte.» Paul Morand

Rolltreppen, um wieder ins Freie zu gelangen, nach der U-Bahn-Fahrt. Spontan stellten sich die Leute immer schön rechts in einer Reihe auf, damit diejenigen, die es eilig hatten, ungestört nach oben stürzen konnten. Nach und nach wurde der Himmel wieder sichtbar, ein Viereck aus Sonnenlicht schlug einem ins Gesicht, wurde zunehmend größer.

Vor dem Park, an dem wir uns verabredet hatten, wartete Alice auf mich. Mir fiel auf, dass ein großes Mädchen neben ihr stand, viel zu groß, um Nancy zu sein.

Sogleich war ich ein kleines bisschen weniger vorlaut, gerne hätte ich wieder kehrtgemacht, um zurück nach Barbès zu rennen. Die ganze Ungerechtigkeit der Situation kam in mir hoch: mit meinem Kinderhirn in diesem Erwachsenenkörper eingepfercht zu sein. Wenn alles gut organisiert gewesen wäre, hätte mich meine Mama hierher geführt, meine Hand fest in der ihren. Sie hätte mir immer gesagt, was ich wann und wie zu tun hätte, und wenn ich Mist baute, hätte sie mich angeschrien. Doch stattdessen musste ich beherzt voranschreiten, vertrauenserweckend wirken, um so meiner Tochter von dreizehn Jahren entgegentreten zu können.

Ich wagte mich näher heran, kapierte, dass es sich wirklich um meine Tochter handeln musste, verbeugte mich:

«Sehr erfreut. Aber sag mal, du bist ja echt ganz schön groß.»

Noch nie war ich derart stolz auf mich, so ein verdammter Heuchler zu sein. Ich hatte mir ein breites, gewinnendes Lächeln aufgeklebt und es auch nicht eine Sekunde lang wegrutschen lassen. Ich stand derart unter Schock, dass ich, wäre ich gefragt worden, gar nicht hätte sagen können, wie denn die Kleine aussah, welche Haarfarbe sie hatte, was für einen Mantel sie trug oder ob sie hübsch war – kein einziges Wort hätte ich über die Lippen bekommen. Ich sah überhaupt nichts mehr, keine einzige Information wurde mehr verarbeitet, ich beschränkte mich darauf, wie ein Idiot zu lächeln, aufrecht stehen zu bleiben und nicht davonzulaufen.

Allerhöchstens ging mir ganz verschwommen erneut der Gedanke durch den Kopf, dass ich Alice gerne ficken würde. Eigentlich gab es da sogar sehr viel, was wir zwei Hübschen miteinander hätten anfangen können.

Alice verzichtete allerdings darauf, auch mir Sand in die Augen zu streuen. Sie war eiskalt, schon beinahe unangenehm. In Windeseile war sie dann auch verschwunden, ohne ein einziges Mal kurz zu der Kleinen hinzusehen, kein: «Es tut mir Leid, dass das hier so ablaufen muss» oder auch: «Ich wünsche euch, dass alles glatt geht.» Wahrscheinlich war sie wegen uns schon viel zu spät dran, musste zu einer wichtigen Verabredung. Arbeitsgeil sprang sie ins nächste Taxi und bat mich noch schnell, die Kleine nachher wieder zur Babysitterin raufzubringen. Nicht eine Sekunde hatte ich an die Variante gedacht, allein mit Nancy zu Mittag zu essen. Ich war fest davon ausgegangen, mich nur Alice und dieser anderen Sache da gegenübersetzen zu müssen, sie ungestört zu beobachten und dabei auf ein, zwei Fragen zu antworten. Ich war absolut baff, dass die Mutter mir die Kleine anvertraute, ohne wenigstens ansatzweise abzuchecken, ob ich nicht total verrückt geworden wäre.

Ich traute mich kaum, Nancy anzuschauen:

«Hast du Hunger?»

Aufgesetzt fröhlicher Tonfall, Übermut, der mehr schlecht als recht die Angst vertuschte, wie Parfüm den Schweiß.

Sie nickte und raste in die nächstgelegene Brasserie hinein. Ich wurde wohl ein wenig bleich, denn bei der Art von Lokal, die sie da ansteuerte, und den paar Kröten, die ich auf der Tasche hatte, da liefen wir geradewegs auf die Katastrophe zu. Doch ich sagte nichts. Ich beschränkte mich darauf, innerlich voll zu verkrampfen, mir im Kopf auszurechnen, wie viel mir wohl fehlte und mir zu überlegen, wen ich schnell um Hilfe angehen könnte.

Ich schickte schließlich eine SMS an Sandra: «Du kannst stolz auf dich sein ich bin bei Porte Champerret mit der Kleinen doch ohne Geld für das Mittagessen. Help.» Die Antwort kam sofort: «Ich komme.» Ich dachte mir, so bescheuert ist sie eigentlich gar nicht.

Nancy sah mir zu, wie ich mit meinem Telefon herumspielte, tat, als fänd sie's todlangweilig und mich obendrein bedauernswert.

Auch meine letzten Zweifel in Bezug auf meine Vaterschaft wurden hinfällig. Sie ähnelte mir, der reinste Albtraum. Teile meines Kopfs vermischt mit Stücken aus dem Gesicht ihrer Mutter. Dazu Haare, die weder von ihr noch von mir waren. Der Mund von meiner Mutter und dann noch so eine Besonderheit an ihrem Kinn, die sie von Alices Vater haben musste, soweit ich mich daran erinnern konnte. Um's kurz zu fassen, sie sah voll unheimlich aus, stammte aber zweifelsohne aus der gleichen Familie wie ich.

Sehr beunruhigt schaute ich sie an. Erstens war mein kleines Mädchen überhaupt kein kleines Mädchen mehr. Sie ging mir bis zur Schulter, benahm sich zum Teil wie eine Dame, und hätte man mich gefragt, so hätte ich sie locker auf siebzehn geschätzt, gar kein Thema. Zweitens zog sich mein kleines Mädchen überhaupt nicht wie ein kleines Mädchen an. Ich bemühte mich, darüber zu lächeln, wie sie sich für den Tag unseres Treffens herausgeputzt hatte, tat so, als besäße ich Humor, Distanz zu den Dingen und zudem total viel Toleranz, doch in Wahrheit war ich tierisch schockiert.

Absolut unförmig gewordene, total verwaschene Puma-Turnschuhe. Eine graue, kaputte Jogginghose, ziemlich tief sitzend, über die sich ein Fleischwulst wölbte. Ich hatte den Verdacht, es wäre ihr im Grunde nur recht, nicht den Körper zu haben, den man von ihr erwartete. Etwas an ihr war aggressiv, ein wenig erschreckend. Armseliger Kapuzenpulli, an den Ärmelbündchen total durchlöchert, hässliches Grün. Außerdem stellte ich fest, dass sich bei ihr so eine Art Brustansatz bemerkbar machte. Zwei ganz merkwürdige, spitze Erhebungen, absolut unpassend. Die Haare fielen ihr ins Gesicht, ihre mürrische Miene wollte sie einfach nicht ablegen. Ich spürte, dass sie absolut daran gewöhnt war, ständig schlechte Laune zu haben.

Ihr war es stinklangweilig und das brachte sie klar zum Ausdruck. Sie stützte den Kopf in die Hände, Ellbogen auf den Tisch, und während sie die alten Frauen am Nebentisch beobachtete, zerknautschte sie ganz bewusst ihre Wangen.

Jetzt musste ich aber dringend mal was sagen. Ich bedauerte es, hergekommen zu sein, und machte mir Mut, indem ich mir immer wieder einredete, dass mir das ganz bestimmt zum ersten und letzten Mal passieren würde. Nur dieses eine Steak mit Püree und dann Schluss, aus und vorbei.

Sie war so gnädig, wieder mich anzuschauen, den Mund weit zu öffnen und herzhaft zu gähnen und mir dann zu verraten, wo der Hase lief:

«Ich schätze mal, Mama hat dir erzählt, dass ich dich sehen will, aber das stimmt gar nicht, mir geht das voll am Arsch vorbei.»

«Aber ich bin doch dein Vater!»

Das sagte ich mit einer piepsigen Kehlkopfstimme, ganz außer mir. Dann wunderte ich mich selbst, das mit dieser Wucht der Verzweifelung ausgesprochen zu haben, und ich bekam einen Lachanfall.

Sie hatte aufgehört so zu tun, als ginge ihr das alles am Arsch vorbei. Ich sah, wie sie anfing auszurasten, sich überlegte, ob das nicht noch ziemlich peinlich für sie werden könnte, und sich deshalb schon einmal ganz in sich zusammenzog, was voll komisch aussah. Voller Entsetzen schaute sie sich dabei um. Plötzlich stand es mir wieder glasklar vor Augen, wie ich mich in ihrem Alter geschämt hatte, wenn ich mit ansehen musste, wie sich bestimmte Erwachsene danebenbenahmen. Sich zum Gegenstand der allgemeinen Belustigung machten, weil sie ziemlichen Stuss vom Stapel ließen. Total daneben und obendrein absolut unwürdig. Diese entsetzliche Angst, man könnte mit diesen Erwachsenen in einen Sack gesteckt werden. Dieses Gefühl war schon ewig nicht mehr in mir hochgekommen, doch als ich sah, was die Kleine für eine Fresse zog, fühlte ich mich wie mit der Zeitmaschine zurückversetzt. Ganz kurz riskierte ich einen tiefen Blick in ihre Augen, noch während ich mich gerade wieder einkriegte, vor Lachen. Ich zwang mich, tapfer zu sein:

«Ich war total überrascht, als ich erfuhr, dass es dich gibt. So ganz unvermittelt hat das erst einmal eine ziemliche Katastrophe bei mir ausgelöst. Doch schon ein paar Tage später fand ich, dass das eher mal witzig ist, und ich bekam echt Lust, dich kennen zu lernen.»

Während ich sprach, kratzte ich mich am Kopf, zögerte jedes Mal zwischen zwei Sätzen, stellte meine Verlegenheit offen zur Schau, bat sie indirekt um Nachsicht. Sie rieb sich die Nase, ließ den Kopf auf den Brustkorb fallen. Sie blickte von unten zu mir herauf, nur ganz kurz, um schell abzuschätzen, mit wem sie's bei mir zu tun hatte. Eine locker aus dem Ärmel geschüttelte, männliche Geste. Die Geste von einem Kerl, absolut typisch. Sie überraschte mich sehr, ich fragte mich, von wem sie sich das wohl abgeguckt hatte.

Obwohl ich jedes Mal wild fuchtelte, wenn die Kellner vorübereilten, taten sie so, als existierten wir nicht. Ich war mir so gut wie sicher, dass die das extra machten. Vielleicht nicht unbedingt bewusst, aber auf jeden Fall mit Absicht, denn sie witterten in mir den armen Schlucker, den Hungerleider, der sich die Anwesenheit in ihrem Lokal eigentlich gar nicht leisten konnte.

Nancy hatte begonnen, mich genauer unter die Lupe zu nehmen, ganz unverhohlen und ausdruckslos. Ich fragte sie:

«Na, enttäuscht?»

«Nee, nee. Mama hatte mich schon vorgewarnt.»

«Wovor?»

«Dass ich mir bloß nicht zu viel versprechen sollte.»

«Was für einen Vater hättest du denn haben wollen?»

«Einen mit 'm dicken Motorrad.»

«Tja, also ich fahre immer U-Bahn ...»

«Mama hatte mir schon gesagt, du seist so 'ne Art Penner.»

Das schien sie als Sozialstatus gar nicht mal uninteressant zu finden.

Endlich gelang es uns, eine Bestellung aufzugeben. Sie nahm als Vorspeise Lasagne und als Hauptgang Steak mit Pommes. Ich pfiff voll tiefer Bewunderung:

«Sag mal, weißt du eigentlich, was das hier kostet?»

«Ich hab Hunger.»

«Das macht's nicht billiger.»

Meine Bemerkung stimmte sie echt nachdenklich. Ich hatte den Eindruck, sie überlegte sich, wie sie das nun zu verstehen hatte.

Sie beugte sich tief über ihren Teller, als wolle sie sich regelrecht in ihr Essen reinsetzen. Eine Haarsträhne hing ihr fast drin. Sie hielt die Gabel im Handballen gekrallt, so als ob sie damit ihren Teller leer schaufeln wolle, und verschlang auch tatsächlich das Nudelteil im Handumdrehen.

Das hat mich dann echt genervt und ich sagte zu ihr:

«Soll ich dir auch noch die Fresse ganz tief in den Rest Tomatensoße drücken?»

Ganz abrupt richtete sie sich wieder auf, mit meiner Reaktion anscheinend sehr zufrieden. Mir fiel wieder ein, dass sie im Teenie-Alter war und es schon seinen Grund hatte, dass dieses Alter verschrien war.

Ich fragte sie, was für Musik sie so hörte, und da wurde sie zum ersten Mal richtig lebendig. Früher hätte sie ja noch auf Britney und Jay Lo gestanden, doch jetzt, in diesem Jahr, sei sie schon viel zu alt für den Quatsch. Sie zählte mir dann einen Haufen Hip-Hop-Gruppen auf, alle durch Sky Rock berühmt geworden, mir aber gänzlich unbekannt. Sie fing an, Ausschnitte aus den Songs der verschiedenen Gruppen vorzusingen, imitierte mit ihren kleinen Händen die Gesten von richtig harten Kerlen und sang mit einem niedlich klingenden Akzent, mit dem sie die Sprechweise in den Pariser Vororten nachahmen wollte. Ich glaubte zu verstehen, dass ich wegen der vulgären Texte total schockiert sein sollte. Doch ich war noch nicht von diesem Syndrom der besorgten Verantwortlichkeit befallen, das einen beim Umgang mit Kindern früher oder später auf jeden Fall erwischt. Ich nahm lediglich ein pausbäckiges Mädchen mit glänzenden Augen wahr, das sich in einem feinen Lokal im 17. Arrondissement in den Hüften wog und dabei alberne Gotteslästerungen vom Stapel ließ. Sie erinnerte an ein Eichhörnchen aus einem Zeichentrickfilm. Zum Abschluss bemerkte sie:

«Ich hör echt nur noch Hip-Hop. Meine Mutter ärgert das tierisch, denn sie ist voll die Rassistin.»

Alles was sie sagte, war voller spitzer Bemerkungen, vorgetragen mit vorgetäuschter Offenheit. Sie ließ halt mal eben so Testbomben hochgehen, guckte dabei jedes Mal schnell zu mir hin, um meine Reaktion einzuordnen.

Ich machte mir Sorgen, dass ihr vielleicht langweilig wär, dass sie enttäuscht sein und mich Scheiße finden könnte. Daher machte ich übertrieben auf sympathisch. Bastelte in meinem Kopf die ganze Zeit an neuen Bemerkungen für sie. Ich deutete auf die total zerrissenen Bündchen an ihrem Sweater:

«Was ist denn mit deinem Pulli passiert?»

«Ich beiß da immer draufrum.»

Sie zeigte mir, wie sie das anstellte. Sie biss sich mit sämtlichen Zähnen in ihrem Ärmel fest und zog wie irre geworden an ihm. Ich wusste nicht so recht, was ich ihr dazu sagen sollte:

«Tja, richtig bösartig siehst du jetzt aus.»

Als sie feststellte, dass mich das ansonsten vollkommen unbeeindruckt ließ, entspannte sie sich noch ein wenig mehr. Wahrscheinlich hatte sie längst einen an der Klatsche davon, immer nur total bekloppte Erwachsene um sich herum zu haben. Ganz vage erinnerte mich das an etwas aus der Zeit, als ich selbst noch Teenie war. Immer diese Erwachsenen, die aus allem gleich ein Drama machten, sich auf die kleinste Kleinigkeit stürzten, um sich in ihrer Meinung bestätigt zu fühlen: Dieses Blag ist unerträglich, wir wissen einfach nicht mehr, was wir mit ihm anfangen sollen.

«Und du, hast du Kinder?»

«Nein. Also, ich mein, nicht dass ich wüsste.»

Sie hielt mit ihrer Enttäuschung nicht hinterm Berg. Ich versuchte mich zu rechtfertigen:

«Weißt du, das hat nichts damit zu tun, dass ich Kinder nicht mag. Aber mein Leben ist einfach ganz anders gelaufen …»

«Also du hast keinen Sohn. Das ist doof. Ich hätt nämlich gern 'n großen Bruder. Einmal hatte ich einen, Mama hatte nämlich mal 'nen Freund, der einen Sohn hatte, der war vierzehn. Außerdem hatte er einen Roller, darauf sollte der mich mal 'ne Runde mitfahren lassen, doch dazu ist es dann nie gekommen … Mama hatte sich mit ihrem Freund zerstritten.»

Sie hatte «Der war vierzehn» so gesagt, wie ich gesagt hätte: «Er spielte bei den Bad Brains Gitarre.» Mit so einer Art von tiefem Respekt.

«Hattest du von klein auf viele … Stiefväter?»

«Doch schon, stapelweise … und jede Menge Bekloppte waren auch dabei. Mit Bekloppten, da kennen wir uns jetzt aus, ich und Mama.»

«Und der von jetzt? Wie ist der?»

«Das ist der beste, den wir hatten.»

«Ist er netter als die anderen?»

«Er ist viel reicher.»

Im Gegensatz zu anderen Bemerkungen von ihr war diese ganz ehrlich gemeint, ohne Hintergedanken. Sie sagte das, als sei es ganz selbstverständlich, nichts daran erschien ihr merkwürdig.

In diesem Moment hätte ich sie gerne schon viel besser gekannt, um sie an mich drücken zu können und ihr zu sagen, dass das Schwachsinn war, dass sie solchem Schwachsinn bloß nicht auf den Leim gehen sollte.

Beim Nachtisch rührte Nancy wie wild in ihrem Kakao, wollte unbedingt zähflüssige Brühe daraus machen, war plötzlich wieder ganz das kleine Mädchen.

Zwei sehr unterschiedliche Varianten ihrer selbst stritten sich in einer Brust und mussten die Spielzeit untereinander aufteilen. Sie war zwischen Kitty-Uhr und Nietenarmband hin- und hergerissen, hatte sich noch für keines der Lager endgültig entschieden.

Ich begann auszurasten, von wegen Sandra würde am Ende gar nicht kommen, fing an, ihr total besorgt lauter SMS zu schicken. Ich war im Bann einer unmittelbaren Gefahr, einer Bedrohung, der Angst, mich Situationen stellen zu müssen, denen ich nicht gewachsen war. Alles altvertraute Empfindungen, die plötzlich wieder in mir hochkamen. Wie damals, bevor ich mich eingesperrt hatte. Es einfach nicht mehr aushalten. Sich schon beim ersten kleinen Hindernis total überfordert zu fühlen. Nancy sah mir zu, wie ich meinen Stress am Handy ausließ:

«Schreibst du an deine Maus?»

«Ich hab keine Maus. Ich schreib einer Freundin, die mir noch Geld zurückgeben muss.»

«Wozu denn? Um das Fressen zu bezahlen?»

Erneut war ich total von den Socken: Sie haute Dinger raus, wie sie sonst nur in den Pariser Vororten zu hören waren. Das sind bestimmt die perversen Folgen des Pflichtquotenanteils für französische Chansons im Radio, dachte ich mir. Dadurch haben Reicheleutekinder Lust bekommen, nur noch wie arme Schlucker zu sprechen.

Sie zog ein Portemonnaie aus ihrer Tasche:

«Bleib mal ganz cool, ich hab genug Knete dabei.»

Dies wurde durch das kleine Bündel an Geldscheinen, das sie hervorkramte, bestätigt. Diese kleine faule Nuss hatte genug Knete dabei. Ich schüttelte den Kopf, zwang mich zu einem Lachen:

«Sach mal, tickt's noch ganz richtig?»

Lange genug hatte ich bereits dazu gebraucht, mich daran zu gewöhnen, dass die Frauen ständig flüssiger bei Kasse waren als ich. Aber dass nun selbst Kinder mehr Knete als ich in der Tasche hatten. Und dass dieses Kind dann auch noch meine eigene Tochter war, machte die Sache auch nicht unbedingt besser. Ich war wütend, ganz aufgelöst, rebellierte gegen mich selbst, gegen die Welt, gegen ihre Mutter … Das Ziel war noch unklar, meine Wut aber schon unterwegs.

Sandra versprach jeden Moment einzutreffen: «Sitze im Taxi fest, aber schon ganz in der Nähe, bin gleich da.» Wir hatten uns eigentlich nichts mehr zu sagen. Nancy setzte zur Schlussansprache an:

«Glaubst du, dass wir uns wiedersehen?»

Ich antwortete feierlich, verantwortungsvoll und zuversichtlich:

«Wenn du dazu Lust hast, wenn deine Mutter damit einverstanden ist, dann ist das durchaus denkbar.»

Sogleich quollen aus ihr unerbittlich weitere Fragen hervor:

«Nimmst du mich mit in die Disco?»

«Dazu bist du noch zu jung.»

«Lässt du mich die Haare blau färben?»

«Nein, ich glaube nicht, dass deiner Mutter das gefallen würde.»

«Gehst du mit, wenn ich mir die Zunge durchstechen lasse?»

«Nein.»

«Darf ich mir eine Tätowierung machen lassen?»

«Nein.»

Sie seufzte tief auf, ergab sich in Anbetracht so vieler Ungerechtigkeiten in der Welt. Da ihr ja nichts anderes übrig blieb, versuchte sie's noch einmal, sprach nun mit ganz zarter Stimme:

«Gehst du mit mir Plateau-Turnschuhe kaufen?»

«Du siehst doch, dass ich keine Kohle hab.»

Sie strengte ein wenig ihre Phantasie an, irgendetwas Tolles musste es doch bei mir zu holen geben:

«Und du kennst nicht zufällig Joey Starr?»

«Nein.»

«Gut … vielleicht könntest du ja mit mir ins Abenteuerschwimmbad Aquaboulevard gehen?»

«Kein Problem.»

«Cool.»

Die ganze Ladung an Neins, die sie mal eben hatte einstecken müssen, schien sie nicht im Geringsten erschüttert zu haben. Sie dachte einen Moment lang nach, dann sagte sie ganz gelassen, etwas angeberisch:

«In Wahrheit habe ich schon immer genau gewusst, dass du gar nicht tot bist, das hatte ich längst erraten.»

«Wie willst du das denn erraten haben?»

«Es gibt keinen Todestag für dich, es steht von dir nirgends zu Hause ein Bild, wir treffen uns nie mit deinen Eltern … Bei mir in der Schule, da habe ich Freundinnen, von denen sind die Väter tot und das läuft bei denen ganz anders ab als bei mir.»

«Und du hattest nie Lust herauszufinden, wo ich denn stecken könnte?»

«Pass mal auf, ich hab echt viel zu tun, weißt du. Wahrscheinlich hätte ich mich mal irgendwann drum gekümmert, aber … halt irgendwann erst.»

Sie sprach zu mir, wie man zu alten Leuten spricht: Etwas vorsichtig, um sie zu schonen, darauf bedacht, ihnen die Brutalität des Alltags zu ersparen.

«Stimmt es, dass du von zu Hause ausgebüxt bist?»

«Ich hab zweimal die Schule geschwänzt und bin erst um sieben nach Hause, bis wohin hätte ich's da wohl schon schaffen können!»

«Und was hast du gemacht, als du die Schule geschwänzt hast?»

Sie zuckte die Schultern, konnte nicht gut lügen, wich meinem Blick aus und streckte das Kinn vor, wurde prahlerisch:

«Ich war spazieren, bin U-Bahn gefahren, war im Kino …»

Sie sagte: «Ich bin U-Bahn gefahren» in einem Tonfall, als ob sie sagen wolle: «Ich erwürge alte Frauen.» Als handele es sich dabei um eine total brutale, untugendhafte Beschäftigung, die bei erwachsenen, halbwegs vernünftigen Menschen gellende Schreie der Empörung hervorrufen müsste.

Ich versuchte mir vorzustellen, womit dieses kleine, schamlose Mädchen wohl ihre geschwänzten Schulstunden zubrachte. Sie setzte ihre Testreihe fort:

«Kaufst du mir ein Handy?»

«No way.»

In diesem Moment kam Sandra herein, voll gut in Form. Während wir nun schon seit zwei Jahren fast täglich miteinander telefonierten, hatte ich sie seither nicht ein einziges Mal wieder zu Gesicht bekommen. Mir wurde nun klar, warum sie so lange gebraucht hatte. Garantiert war das eine Heidenarbeit gewesen, sich so zurechtzumachen, dass sie jetzt dermaßen wie eine Bombe einschlug. Elektroblaues Kleid über einer glänzend schwarzen Hose. Ihr schwarzes Haar trug sie offen, wie ein besonderer Kopfschmuck fiel es ihr auf die Schultern. Schuhe mit hohen schwarzen Absätzen, von denen man hätte meinen können, die stammten noch aus dem Zweiten Weltkrieg, verliehen ihren Bewegungen einen zugleich femininen und autoritären Touch. Ein langer Mantel aus irgendeiner Art Leder ließ sie ein bisschen funky aussehen. Voller Busen, sich deutlich abzeichnende Hüften. Sehr helle, graublaue Augen, blasse, sommersprossige Haut. Nancy verschlang sie mit den Augen, vergaß völlig, skeptisch zu sein, so wie ihr das eigentlich ihr Alter vorschrieb. Als Sandra zur Begrüßung die Hand aus ihrer Tasche zog, sie ihr hinstreckte und die Kleine ihre Riesenringe zu Gesicht bekam, Totenköpfe, Adler und ein Pharao, alles im Hell's Stil gehalten, da dachte ich, sie würde gleich in Ohnmacht fallen.

○ ○ ○

Ich setzte Nancy vor ihrer Haustür ab. Gerne wäre ich auf einen Sprung mit nach oben gekommen, um mal eben einen Blick auf die Babysitterin zu werfen, doch die Kleine schien von meinem Plan nicht sonderlich viel zu halten.

Ich rief Alice an, um ihr zu sagen, dass alles gut gelaufen war, total o.k. Ich dachte, das würde Gott weiß was für ein Gespräch nach sich ziehen, von wegen: «Wie findest du sie denn?», «Hat sie gut gegessen?» oder auch: «Glückwunsch, war bestimmt für dich nicht einfach», doch die Mutter war gerade zu sehr «eingespannt», um sich mit mir zu unterhalten. Also bekam ich nur ein kurzes Dankeschön gesagt und ein Versprechen, man würde sich dann wieder mit mir «in Verbindung setzen».

Sandra wartete in der Brasserie an der Theke auf mich.

«Ist voll lustig, dich auf der Straße zu sehen.»

«Es hat zwei Jahre gedauert, bis ich den Leuten klar machen konnte, dass ich nicht auf die Straße gehen kann und jetzt, wo sie's endlich alle zumindest halbwegs geschluckt haben, muss ich zwei weitere Jahre kalkulieren, bis auch der Letzte kapiert hat, dass ich doch wieder raus auf die Straße kann ...»

«Keinerlei Angstzustände?»

«Noch nicht. Doch für alle Fälle hab ich natürlich immer meine Lexomil dabei, kein Stressam mehr. Equanil, Urbanil, meine schwarze Brille und so lustige, orangefarbene Pillen, die man mir für meine Hand gegeben hat und die echt super zustonen. Dann hab ich auch noch Diantalvic, das entspannt total.»

«Und wohin hast du deine Hausbesetzung verlagert?»

«Ich bin im Hotel, in Barbès.»

«Ach so ja, weil das total billig ist.»

«Vor allem wegen der Schwesterlein. Morgens gehe ich raus, 'n Kaffee in der Bar unten trinken, setze mich dann immer ganz nah ans Fenster und beobachte, wie sie alle an mir vorbeistolzieren. Und jede einzelne von ihnen würde ich gerne schwängern.

«Soll das heißen, du bist nun auf den Geschmack gekommen?»

«Ich habe nur ein poetisches Bild verwenden wollen.»

In Wahrheit war ich in Barbès, weil das nicht weit war, bis zu ihr. Sandra seufzte, lang und tief:

«Willst du bei mir wohnen?»

«Ja, was dachtest denn du!»

«Du machst's einem echt nicht leicht. Du weißt genau, dass mir das nicht in den Kram passt.»

«Na, meinst du, mir passt's in den Kram, so auf der Straße zu stehen? Doch mach dir mal bloß keine Sorgen: Wir werden uns total gut verstehen ...»

○ ○ ○

Wir gingen raus und hielten nach einem Taxi Ausschau. Es war ein ganz klein wenig neblig und die Autos kamen nur schwer voran. Man hörte regelmäßig Gehupe. Ich beobachtete heimlich Sandra aus den Augenwinkeln.

Ich wusste nicht, dass sie sich derart aufdonnerte, um nach draußen zu gehen. Hatte keine Ahnung, dass ihr Lippenrot so rot war, dass sie an den Fingern Biker-Ringe trug. Es war ein wenig beunruhigend, ihr nun plötzlich so ausgeliefert zu sein.

Der Platz war unter einem Verkehrschaos begraben. Es war zum Heulen, all diese Autos mit immer nur einem Arsch ganz alleine drin, die nicht vorankamen, sich im Gewühl verloren. Wie in der Strafkaserne. Sandra hüpfte von einem Bein aufs andere, um sich aufzuwärmen. Plötzlich meinte sie:

«Ist schon echt komisch, wie sehr dir die Kleine ähnelt … Für dich muss das ja echt eigenartig sein.»

«Ich ärger mich tierisch, sie nicht gekannt zu haben, wo sie noch ganz klein war. Und ich ärger mich tierisch, dass sie mich niemals kennen lernen wird, wie ich noch jung war. Ich würd gern wissen, was für ein Kerl ich geworden wär, wenn sie's mir erzählt hätte.»

Während der Jahre an Catherines Seite hatte ich gelernt, meine Grammatik-Fehler immer erst dann zu bemerken, wenn ich sie nicht mehr rückgängig machen konnte. Vermeiden konnte ich sie nicht. Als ich sie damals kennen lernte, war ich total stolz darauf, wie ein Schwachkopf zu reden. Ich glaub, ich fand das damals tierisch männlich, ein Beweis, dass ich einen Teil meiner Zeit auf der Straße zugebracht hatte oder irgend so 'n Quatsch. Als ich dann durch den Kontakt zu ihr merkte, dass ich dazu verdammt war, so zu sprechen, dass mir gar nichts anderes übrig blieb, da begann ich, das weniger komisch zu finden. Diese Fallen, wo man saublöd hineintapert, waren sie erst einmal zugefallen, war es zu spät, ums zu kapieren.

So wieder an Catherine zu denken, verdarb mir ein wenig die Laune. Ich schloss fester meine Finger um das Handy, ich kapierte einfach nicht, dass sie mich echt überhaupt nicht anrief. Ob es ihr nun wirklich besser ging, jetzt, wo sie mich losgeworden war?

Ein Taxi hielt vor unserer Nase, die Fahrerin war eine sehr zierliche Araberin, sah fast aus wie eine Zwergenfrau, Kurzhaarschnitt. Sie fuhr wie eine Irre und zog dabei an einem kleinen Joint. Ein Raï-Song, so traurig wie Blues, erfüllte ihren Wagen.

Nachdenklich bemerkte ich:

«Das Problem der Kleinen wird wohl ihre Mutter sein, glaube ich zumindest.»

Sandra warf den Kopf nach hinten, mir fiel auf, dass sie hundemüde wirkte:

«Das stimmt so weit für jede Tochter.»

Sie starrte einen langen Moment an die Decke des Wageninneren, reglos, Hände überm Bauch verschränkt. Ich schaute aus dem Fenster, alle Fußgänger zogen eine Fresse, warteten, dass endlich kein Auto mehr kam, um ihr Recht geltend zu machen und die Straße zu überqueren.

Sandra hob die Arme hoch, um sie hinter dem Kopf zu verschränken. Dabei wurde ihre Brust ebenfalls angehoben und einladend dargeboten. Ich hatte nie mit Bestimmtheit sagen können, ob da auf jeden Fall Absicht hinter steckte, wenn die Mädels so etwas taten oder ob es wirklich denkbar wäre, dass sie das einfach nur so machten, ohne sich über die Wirkung im Klaren zu sein.

Ich konzentrierte mich wieder ganz auf die Aussicht aus dem Fenster, doch ich war abgelenkt. Wie die sich wohl unter den Händen anfühlten. Ob sie wohl darauf stand, wenn man ihr leicht in den Busen biss, in was für eine Stellung sie wohl ging, wenn man's mit ihr tat, ob sie dabei die Augen schloss oder vor sich hinsummte. Zwischen ihren Schenkeln konnte man es sich bestimmt voll gemütlich machen, das war es, was mich an ihr schon gleich bei unserer ersten Begegnung so umgehauen hatte. Ansonsten machte sie zu sehr auf ungezwungene, befreite Alte, als dass ich tatsächlich voll auf sie abgefahren wäre. Doch um mich anzuturnen, war sie allemal scharf genug.

Die Taxifahrerin schien von unserer Gegenwart mehr als nur Notiz zu nehmen:

«Wie alt ist das kleine Mädchen, von dem Sie sprechen?»

«Dreizehn.»

Sie pfiff durch die Zähne, war stark beeindruckt:

«Auf Mädchen in diesem Alter muss man echt aufpassen. Genau in dem Alter kann man sich ziemlich wehtun.»

Sogleich schnellte Sandra wieder nach vorne, schaltete blitzschnell auf ihrem Gesicht das verständnisvolle Lächeln an, und die beiden begannen ein verschwörerisches Gespräch unter waschechten Hexen. Ich verstand kein einziges Wort. Sie schüttelten die Köpfe und schienen ganz derselben Meinung zu sein. Da sich um mich niemand mehr kümmerte, zog ich meinen Kopf ganz tief zwischen die Schultern und widmete mich wieder der Landschaftsbetrachtung. Verdammt schöne Stadt, aber ein verdammtes Gemetzel darin.

Solange das nur mich etwas anging, machte mir das moderne Flair einer «Riesenstrafkaserne in der Hand von Barbaren» rein gar nichts aus. Doch jetzt, wo ich an Nancy dachte, die mittendrin aufwachsen musste und deren noch übersprudelnder Einfallsreichtum durch die Berührung mit einer solchen Realität versiegen müsste, begann das, was bei der ganzen Angelegenheit so zum Himmel stank, auch mir den Magen umzudrehen.

° ° °

Sandra machte alles ganz korrekt, sobald wir bei ihr angekommen waren. Sie wies mir meine Ecke zu: die Schlafcouch. Im Schrank räumte sie mir ein Fach frei, für meine Platten und Pullis. Dann verkündete sie die Hausordnung:

«Wenn ich gerade mal nicht drin bin, hast du nichts in meinem Zimmer verloren. Wenn ich drin bin, mich möglichst nicht stören, schon gar nicht, wenn ich gerade schlafe oder arbeite. Vor dem Eintreten immer anklopfen. In der Küche bitte keine leeren Verpackungen zurück in den Kühlschrank stellen. Wenn keine Milch mehr da ist, runtergehen und welche holen ...»

Lange hörte ich ihr nicht zu. Es war so als Einstieg ziemlich unangenehm. Diesen Eindruck vermittelt zu bekommen, man sei die siebenhundertundfünfzigste Person, die sie bei sich unterbrachte. Das nahm der ganzen Sache so ziemlich den Charme.

Sie verschwand dann in ihrem Zimmer, musste noch ihren Artikel über Newmetal zu Ende schreiben. Beinahe hätte ich ihr noch gesagt, dass sie davon doch überhaupt nichts versteht und was ihr überhaupt einfällt, gleich ein ganzes Dossier zu dem Thema zusammenzustellen, doch ich hielt dann mal lieber meine große Klappe.

Parkett supersauber, ein paar Stofftiere fingen ganz oben auf einem Regal Staub. Aneinander gereihte Taschenbücher, aus dem Hause Taschen. Ein paar Comics und Mangas. Eine Auswahl, die es ihrer Meinung nach in sich haben sollte, total persönlich. Doch genau in dem Jahr standen bei Tausenden von Frauen genau die gleichen Sammlungen im Regal. Über den Boden verstreute Kopfkissen, dürre, kränkelnde Grünpflanzen, die auf Sonnenlicht lauerten. Letzte Zuckungen einer Ex-Öko-Tussi, die sich vom Patschuligeruch nie wieder so recht hat erholen können. Auf den Boden gestapelte CDs, ganze Säulen, die mir bis an die Taille gingen, jeden Morgen bekam sie die in 10er Paketen per Post zugestellt.

Ich war genervt, in meinem Körper spannte sich jede einzelne Faser an, das ging vom Hals aus, runter bis zu den Gefäßen, in denen die Eingeweide lagen. Die Kehle zog sich zusammen, am liebsten hätte man sich augenblicklich hinlegen wollen, die Vorhänge zugezogen, bloß eingeschlossen und versteckt bleiben, ganz in Ruhe an seinen Wunden lecken, wie ein Tier, das im Kampf verloren hat. Ich stellte mir vor, dass man einen kleinen Filter im Hirn hätte, sozusagen die Nieren der Seele, die müssten alles filtern und wieder ausspucken. Meine Nieren waren wahrscheinlich verstopft und filterten rein gar nichts mehr so, wie sie es eigentlich hätten tun sollen. Deshalb tat mir auch alles so weh, kleine Dinger, hart und widerborstig hatten sich da mit der Zeit eingenistet, wurden immer zahlreicher, machten mir das Atmen schwer.

Ich ging meine Reisetasche öffnen, schluckte drei Urbanil und baute mich dann vor der Balkontür auf.

Zum ersten Mal, seit Catherine mir es gesagt hatte, wurde mir wirklich klar, dass es zwischen uns aus war. Das weibliche Flair von Sandras Wohnung unterstrich nur noch deutlicher, dass die andere fort war. Ich kannte den Ablauf bereits. Ich wusste, dass ich ein paar Monate lang auf alles fixiert sein würde, was mich an Catherine erinnerte: der Duft ihres Shampoos, ihrer Duftkerzen, die sie immer gleich beim Nachhausekommen wegen dem Zigarettenrauch anzündete. Ihre Pullis mit V-Ausschnitt, die sie immer trug, ihre Haarklemmen, die sie immer überall rumliegen ließ. Ihre Lippenstifte, die bei Monoprix gar nicht viel gekostet hatten und die sie nie benutzte … Einige Monate würde ich damit zubringen, wie besessen eine Bestandsaufnahme aller Dinge zu erstellen, die auf ihre Gegenwart hinwiesen. Und ich würde Catherine plötzlich für den Inbegriff der für mich idealen Weiblichkeit halten, für diejenige, die als Einzige in der Lage war, mich glücklich zu machen. Dann würde sich das wieder legen. Wie schon so oft würde ich mich schließlich wieder auf andere Dinge fixieren.

Ich brach sofort die erste Verhaltensregel, wollte mal testen, wie das dann so ablief und ging also zu Sandra ins Zimmer, unterbrach sie mitten bei der Arbeit. Ich steckte den Kopf durch die Tür herein, sah zuallererst, dass ihr Bett riesengroß und sehr gemütlich war. Ich fragte sie:

«Na, alles klar, in der Newmetal-Szene?»

Sandra starrte unbeirrt wie gebannt auf ihren Bildschirm. Sie arbeitete auf einem winzig kleinen Tisch, um sie herum lagen Berge von Papier einfach auf den Boden gestapelt. Sie verzog das Gesicht, wollte damit zu verstehen geben, dass das jetzt wirklich nicht der rechte Moment war:

«Wenn du mich jetzt bitte mal in Ruhe lässt, dann bin ich in einer Stunde fertig.»

Ich hob abwehrend die Hände, zum Zeichen des Friedens:

«O. k. Ich wollte dir ja bloß sagen, dass ich mir jetzt *Starship Trooper* ansehen werd …»

Und ich schloss die Tür wieder. Sah ganz danach aus, als hätten die nicht jeden Tag was zu lachen, in der Metal-Szene.

○ ○ ○

Ich hatte noch nicht einmal die Zeit zu kapieren, welche Fernbedienung zu den DVDs gehörte, da hatte Sandra ihre Arbeit bereits links liegen gelassen und stand neben mir.

Auf dem Couchtisch vor uns hatte sie jede Menge Utensilien ausgebreitet, um sich die Nägel zu machen. Da es ja nicht mein Zuhause war und ich zudem erst gerade angekommen war, habe ich mich nicht getraut, ihr zu sagen, dass ich weder den Geruch des Lösemittels noch den von dem Lack ertragen konnte. Ich machte mich darauf gefasst, dass es mir während des Films kotzübel werden würde.

Wir fluchten tierisch, da wir nicht bis zum Anfang des Films vorspulen konnten, und statt die ganzen Verbotsschilder einfach zu überspringen, mussten wir uns belehren lassen, dass das Kopieren und dies und das strengstens untersagt sei, das Ganze gefolgt von den Emblemen der Universal-Filmgesellschaft.

«Ja, genau so haben die sich das gedacht, selbst noch bei uns daheim im Wohnzimmer müssen die uns mit ihrer Scheiße auf den Senkel gehen.»

Sandra schrie: «Faschisten!» und tobte regelrecht auf dem Sofa.

Das Telefon klingelte, Alice war dran, wollte mich sprechen. Ich verzog mich in den Flur, um zu hören, was sie wohl von mir wollte.

Sie erzählte mir, dass die Kleine absolut begeistert sei, immer nur noch von mir erzählte. Sie schlug mir vor, zu ihr nach Hause zum Abendessen zu kommen, damit man sich mal zu dritt sehen könnte. Sie schien sich zu ärgern über das, was sie da selbst ausgelöst hatte. Sie musste erst ewig in ihrem Kalender herumblättern, bevor sie verdammt nochmal in der Lage war, mir einen genauen Termin zu nennen. Ein paar vorlaute Bemerkungen zu dem Thema konnte ich mir einfach nicht verkneifen. Ich hatte echt den Eindruck, dass sie das extra machte, damit ich auch ja merkte, wie superbeschäftigt sie war. Ich hätte in dem Moment schwören können, das wäre nur so ein Witz, doch später musste ich dann zugeben, dass sie tatsächlich vielleicht doch etwas arg viel um die Ohren hatte.

Ich kam zurück ins Wohnzimmer, Sandra zeigte auf den Bildschirm:

«Wir nähern uns einem großartigen Meisterwerk, da, direkt vor uns.»

Catherine stand vor allem auf Schwuli-Filme. Langweilige, französische Klassiker, die allen anderen am Arsch vorbeigingen. Sie hatte da so einen furchtbar nervigen *Télérama*-Tick, für moralverhafteten Sozialismus auf saublöde Art. Schon ewig hatte ich mich nicht mehr zusammen mit jemandem hingesetzt, um mir in aller Ruhe einen amerikanischen, actiongeladenen Schwachsinn reinzupfeifen. Sandra fragte mich:

«Keine Skandalmeldungen?»

«Die Kleine möchte mich sehen. Also lädt Alice mich zum Abendessen ein.»

«Nervös?»

«Ein bisschen. Aber ich glaub, so ganz ohne Rückmeldung wär ich schon ziemlich enttäuscht gewesen. Also beschwer ich mich nich.»

«Soll ich dir die Karten legen?»

Statt ihr zu antworten, schaute ich sie nur an. Ganz intuitiv hatte ich erraten, dass sie keine große Lust hatte zu hören, was ich davon hielt. Sie zog die Schultern hoch.

«Is eigentlich auch egal. Hab ich ja eh schon längst gemacht. Und daher kann ich dir sagen: Alles wird gut.»

«Na, umso besser.»

«Na ja, das heißt, so ganz ohne 'n paar Mal den Tag deiner Geburt zu verfluchen, wirst du nun auch nicht wieder davonkommen.»

«Das ist ja reizend von dir, dass du mir das sagst.»

«Ich dachte, du glaubst nicht dran.»

° ° °

Am darauf folgenden Morgen entschloss ich mich, mal einen kleinen Ausflug in die Stadt zu unternehmen. Die einzige Schwierigkeit dabei war nach wie vor, sich zum Verlassen der Wohnung zu entschließen. Das Überwinden der Angst vor diesem Schritt. Sobald ich dann an der frischen Luft war, verschwand das Unbehagen ganz von alleine. Noch zwei Jahre davor, als ich zum ersten Mal diese Schwierigkeiten hatte, da war das absolut nicht vergleichbar. Sobald ich mich damals mehr als eine Straße weit von meiner Wohnung entfernte, witterte ich bereits Gefahr. Das Bewusstsein meiner totalen Unfähigkeit kam da noch hinzu und lähmte mich vollends. Um mich wieder runterzuholen, von diesem Trip, nützte alles nichts. Das war der totale Albtraum. Doch anscheinend hatte sich das ganz von selbst wieder gelöst. Erneut konnte ich anknüpfen an das längst vergessene Gefühl, wie schön es doch ist, zu Fuß zu gehen. Durch verschiedene Stadtviertel zu wandern, zu sehen, wie die Stadt sich entwickelt, von einer Stimmung in die andere zu verfallen.

Mehr als zwei Stunden lief ich draußen rum, befand mich in einem Schwebezustand, lief von Clichy nach Opéra, von dort über

République zurück. Eine Frau mit nicht enden wollenden Beinen kam mir entgegen, in einer eng anliegenden, glänzenden Hose. Fast wie eine Meerjungfrau sah sie aus. Dann bin ich auch noch Typen begegnet, die sich auf dem Bürgersteig fläzten, mit einem kleinen Schild voller Rechtschreibfehler in der Hand, wo draufstand, dass sie etwas Geld gebrauchen könnten. Außerdem begegneten mir auch Kinder. Die rannten entweder vor ihren Eltern her oder wurden an der Hand geführt. War ja ganz normal, seit ich auch eins hatte, war plötzlich die ganze Stadt voll von Kindern.

Zeitweise drehte sich mir der Kopf. Ich war einfach nicht in der Lage, da Ordnung reinzubringen, in mein Gefühlschaos. Ich hatte keinerlei Ahnung, was ich von alldem halten sollte. Keine Spur mehr von meiner kaltblütigen Gleichgültigkeit, sämtlicher Zynismus wie weggeblasen. Die Dinge standen mir so klar vor Augen und folgten einer bestimmten Anordnung, als hätte ich soeben an einem fetten, kosmischen Joint gezogen.

Ich rief Cathy an, konnt's mir kaum verkneifen, ihr das mit Nancy zu erzählen. Natürlich wünschte ich mir nichts sehnlicher, als dass sie ganz gerührt und begeistert wäre, mir förmlich an den Lippen hing, so wie Sandra immer. Doch sie machte derart auf distanziert und das noch nicht einmal übertrieben dick aufgetragen, dass ich nicht mit ihr darüber sprechen konnte. Statt einfach nur tödlich beleidigt zu sein, war ich in erster Linie überrascht, dass sie nicht doch schwach wurde. Wie konnte das überhaupt angehen, dass sie mir derart fehlte und dies nicht auf Gegenseitigkeit beruhte? Dann erwachte in mir die blinde Wut. Gegen all diejenigen, die sie beeinflusst hatten, ohne unsere Geschichte auch nur im Ansatz zu kennen. Gegen sie, die unser geheimes Bündnis nicht verteidigt hatte, es vor die Hunde gehen ließ, aus absolut lächerlichen Gründen: was sich schickt, was die Psychotante davon hielt oder ihre beste Freundin. Verdammte Psychotante, wer sollte schon abends neben der einschlafen wollen? Und ihre blöden besten Freundinnen, wer sollte denen wohl den Rücken streicheln wollen, den ganzen lieben Sonntagvormittag lang und sich so doll für sie interessieren, dass er ihnen andauernd kleine, raffinierte Mahlzeiten zubereitete? Vieles hätte sie mir vorwerfen können, doch eines stand eher mal fest: Kochen konnte ich gut. Gegen Ende unserer Beziehung hatte sie dermaßen die Schnauze voll von mir, dass sie rein gar nichts mehr von mir ertrug. Alles wurde plötzlich grenzwertig. Sie behauptete, ich würde ihr extra nur noch Kalorienbomben vorsetzen, damit sie ordentlich Fett auf die Rippen bekäme und niemandem mehr gefallen könnte. Wenn ich so darüber nachdachte, eigentlich ging das schon eine ganze Weile so, dass alles gegen mich verwendet wurde, dass sie's sogar gern gesehen hätte, wenn ich gegangen wär. Ich dachte damals, das würde sich schon wieder legen. Ganz in echt, ich hatte mir das so vorgestellt, dass ich eines schönen Tages morgens aufstehen und mich an die Arbeit machen würde. Ich wie selbstverständlich einen ganzen Roman so in einem durch locker aus der Feder schütteln würde und sie dann glücklich und stolz darüber wär, dass sie immer an mich geglaubt hatte. Natürlich hätte ich sie auch betrogen, von dem Gedanken war ich wie besessen. Den lieben langen Tag über machte ich mir, während ich vor dem Fernseher saß, kleine Listen, in welcher Reihenfolge und was genau ich mit jeder Einzelnen anstellen würde, wenn ich erst einmal so bekannt wie Houellebecq wär. Doch ganz diskret nur hätte ich sie betrogen, ganz harmlos, ohne ihr dabei jemals wehzutun.

Ich rief noch einmal bei ihr an, eröffnete ihr frei von der Leber weg:

«Wenn du Bock auf Kinder hast, weißt du, dann kann ich dir durchaus welche machen. Da hat sich nämlich bei mir was getan, das macht mir keine Angst mehr.»

«Nun reicht's mir aber, verdammt. Als ob du mir nicht auch schon so mein ganzes Leben versaut hättest.»

Dann legte sie wieder auf. Ich war echt supergenervt von ihr, nahm mir vor, sie in meinem Buch absolut runterzuputzen, absolut keinen Hehl daraus zu machen, wie schlecht sie im Bett war und dann auch noch ihre armselige Angewohnheit, immer erst einmal voreingenommen zu sein, gerade so wie eine Kassiererin, die auf superschlau macht.

Der Schmerz der Trennung am Ende einer Beziehung hat mich immer in seiner Besonderheit sehr erstaunt. Dabei handelt es sich um ein ganz bestimmtes, unnachahmbares Gefühl, das durch nichts anderes ausgelöst werden kann. Ein ganz charakteristischer Schmerz, voll Bitterkeit und Angst, der im Körper nur ganz bestimmte Stellen angreift, die man normalerweise noch nicht einmal spürt. So wie wenn man sich einen Rückennerv geklemmt hat und plötzlich merkt, wie viele Bewegungen von dieser für gewöhnlich absolut unbedeutenden Körperstelle abhängen.

Meine Beine verkrampften sich vor Müdigkeit. Zuerst empfand ich das als angenehm, so wie das Gefühl, lebendig zu sein. Doch dann wurde es ziemlich schnell unerträglich.

Daher beschloss ich, doch besser beim nächsten U-Bahn-Eingang runterzugehen. Da ich schon am Vorabend mit der U-Bahn gefahren war, dachte ich, auch von dieser Phobie wär ich nun geheilt. Doch ich hatte dabei vollkommen vergessen, wie beängstigend die Stoßzeit auf einen wirken kann.

Ein Strom von Menschen, alle rennen in den Gängen aufeinanderlos. Sie können sich nur noch so gerade eben, mehr oder weniger instinktiv, ausweichen. Viele dunkelblaue, braune, graue oder schwarze Jacken und viele frisch geschorene Schädel. Mir kam das komisch vor, so den Kopp ratzfatz alles ab, ohne dass einen jemand dazu gezwungen hätte. Blinde, verhaltene Feindlichkeit. Plakate säumen die Gänge, strahlend blauer Himmel über dem Sandstrand, Möbel, Filme, Titelseiten von Illustrierten. Aggressiv.

Ich ging bis ans Ende des Bahnsteigs, um dort zu warten. Eine Frau mit schweren Koffern. Eine Gruppe Japanerinnen. Ein Penner hörte mit dem Walkman Musik, hatte sich dabei seine kaputten Hände zwischen die Knie geschoben. Eine Ansammlung von Menschen entlang der Gleise.

Eine vorlaute Maus schoss uns zwischen den Beine hindurch. Zwei Jungen versuchten sie totzutreten, daneben!, eine ganze Weile noch liefen sie hinter ihr her.

Ich nahm nicht gleich den ersten Zug. Zu viele Menschen. Die anderen Leute jedoch zwängten sich hinein, wollten mit, um jeden Preis. Ich beobachtete sie. Nur der Penner und ich versuchten als Einzige nicht, ebenfalls unbedingt zuzusteigen, in diesen total überfüllten Zug. Ich sah sie mir genau an, wie sie sich da aufrecht stehend aneinander drängten. Verschlossene Gesichter, schicksalsergeben, im Stehen schlafend. Bereit, alles über sich ergehen zu lassen. Einander fremd und absolut gleichgültig. Allesamt suchten sie einen freien Fleck zu erhaschen, sich an der gemeinsamen Haltestange festzukrallen. Ich war mir nicht ganz sicher, tatsächlich der Beklopptteste von allen zu sein, nur weil ich mir das nicht zumuten wollte.

Auch in den zweiten Zug stieg ich nicht ein. Selbst wenn der schon weniger voll war, fand ich's immer noch zu krass. Ich ruhte mich aus, auf meinem roten Plastiksessel. Eine Erinnerung wurde in mir wach, stand mir plötzlich wieder klar vor Augen. Wie ich einmal in einem Tunnel festgesessen hatte, Stromausfall. Die erste Panikattacke meines Lebens. So unter der Erde eingeklemmt, ohne schnell davonlaufen zu können. Eingeklemmt zu sein zwischen dem Metall und den Blicken der anderen. So lange ausharren zu müssen, wie es eben dauerte. Der Tod durch Ersticken stand mir unmittelbar bevor. Schreckliche Bilder schoben sich ineinander. Und dazu das entsetzliche Gefühl der Machtlosigkeit. Zur Flucht war es zu spät. Genauso hatte es damals alles begonnen: mit einer Panikattacke in der U-Bahn. Beim Rausgehen stürzte ich mich wie ein Wahnsinniger die Treppen rauf nach oben, nix wie raus an die frische Luft. Ich wusste damals nicht, was überhaupt mit mir los war. Und dann, so nach und nach, folgte der Rest: Ich verlor die Kraft, gab auf. Zwei Jahre meines Lebens waren mir flöten gegangen.

Ich blieb noch eine Weile sitzen. Der Penner war eingenickt, aus seinen Kopfhörern, die ihm noch immer auf den Ohren saßen, knisterte es. Ich sah den Leuten zu. Wie sie warteten, einstiegen und ausstiegen. Welten trennten mich von ihnen.

° ° °

Vor diesem Abendessen hatte ich den ganzen Tag damit zugebracht, mir selbst total auf den Sack zu gehen. Mein einziges Paar Turnschuhe quietschte erbärmlich. Meine Hemden und Pullover hatten allesamt entweder Flecken oder Löcher, von den kleinen, glühenden Ascheklümpchen, die immer von den Joints herunterfielen oder sie waren potthässlich. Ich steigerte mich da selbst rein. Ich bauschte die Sache unheimlich auf, weil mir eben gerade danach war. Sandra tat ganz einfach so, als ob sie mich überhaupt nicht fluchen hörte. Gar nicht mitbekam, wie ich die Schuhe quer durch den Flur feuerte, die

Türen vom Kleiderschrank zuknallte und mich vor dem Spiegel selbst beschimpfte: «Du verdammter, verlauster, armseliger Schlucker. Guck dich ruhig an, voll beschissen siehst du aus.» Sie ließ sich kein bisschen aus der Ruhe bringen, blieb einfach auf dem Sofa liegen, Fernbedienung in der Hand. Sie bereitete einen Artikel vor, über das Kino von Russ Meyer. Eigentlich wär das eine astreine Gelegenheit gewesen, mich neben sie zu setzen und mir diese superguten, alten Filme endlich wieder mal in Ruhe reinzuziehen. Ich hätt einen schönen Tag haben und 'ne ruhige Kugel schieben können. Doch ich hatte mir nun einmal fest in den Kopf gesetzt, mir das zu versauen. Ihre mangelnde Anteilnahme brachte mich erst recht auf die Palme. Dass sie aber auch gar keine Anstalten machte, mich zu beruhigen, mir Mut zuzusprechen, halt irgendwas zu unternehmen. Am Ende baute ich mich vor ihr auf, presste die Nase gegen die Fensterscheibe, verschränkte die Hände hinter dem Rücken und sagte:

«Ist mir scheißegal, ich geh da einfach nicht hin.»

«Nu hör auf, hier auszurasten: Du sollst doch nicht zum Probevorspiel. Den Job, wenn ich dich dran erinnern darf, hast du schon längst in der Tasche.»

«Ja, aber trotzdem ... 'n bisschen Stolz werd ich doch wohl noch haben dürfen. Ich seh ja wohl aus wie ein altes, abgefucktes Schwein.»

«Du wirst doch wohl nicht noch am Ende glauben, ich würd dir Geld pumpen, damit du losziehen kannst, um dir Klamotten zu kaufen?»

Das war's im Grunde gewesen, auf das ich die ganze Zeit hinauswollte. Doch da legte sie auch schon los:

«Ich bin verdammt nochmal nicht deine Mutter, das kannste knicken. Die Kleine ist dreizehn und muss beschützt werden. Du bist dreißig und nervst. Was genau hast du dir da eigentlich in den Kopf gesetzt? Du willst die Mutter ficken, stimmt's? Du denkst dir, die Kleine hätte noch lange nicht genug Scherereien am Hals, also musst du's nun ihrer Mutter mal ordentlich besorgen? Sag mal, siehst du eigentlich nicht, dass ich versuche zu arbeiten? Geht dir das auf die Nerven oder was? Wenn's darum geht, dich in meinen vier Wänden einzunisten, dann kommt's dir gerade recht, wenn ich die Miete bezahl. Aber das heißt noch lange nicht, dass du mich dann auch in

Ruhe arbeiten lässt. Sag mal, was hast du bloß in deiner Birne, du alter Idiot?»

Dass sie laut wurde und plötzlich dermaßen sauer auf mich war, stellte mich augenblicklich ruhig. Ich ging mir die schwarzen Klamotten anziehen, klebte die Sohle von den Turnschuhen wieder fest, und dann fand ich mich plötzlich im Grunde gar nicht mal so schlecht.

○ ○ ○

Ich ging zu Fuß zu meinem Abendessen. Unterwegs begegnete mir ein Kind auf Rollerskates, mit rosafarbenen, blinkenden Rädern. Disco halt. Und dann noch ein Schwarzer auf einem Fahrrad. Der hatte einen großen Hut auf und dann noch so ein ganz merkwürdiges Musikinstrument auf dem Rücken. Er verlangsamte die Fahrt, als er auf meiner Höhe angekommen war, und fragte mich, in welche Richtung er zur Gare de l'Est fahren müsste. Ich zeigte es ihm. Seine Schuhe waren an den Sohlen sorgfältig mit Pappe ausgebessert, ein Gummiband hielt das Provisorium zusammen. Seine Stimme hatte einen schönen Klang, sehr gesetzt. Betont ruhig hörte er mir zu, bedankte sich und verschwand schließlich aufrecht auf den Pedalen stehend in die entgegengesetzte Richtung.

Es war kalt. Ausgezeichnet, um richtig wach zu werden.

Ich biss die Zähne zusammen, sobald ich auch nur die ersten Häuser des Arrondissements erreichte. Das siebzehnte konnte ich wirklich absolut nicht ausstehen.

Kaum war ich in der Nähe ihres Hauses, stolperte ich andauernd über Nutten. Überall standen sie auf dem Bürgersteig herum. Jung, schön, gut gekleidet. Immer nur ein paar Meter voneinander entfernt, sich anschweigend. Fast surrealistisch. Normalerweise, wenn ich Nutten zu sehen bekam, ärgerte ich mich immer, zu schüchtern und zu knapp bei Kasse zu sein, um sie anzusprechen, ob sie nicht mal mit mir ums Eck verschwinden wollten. Doch dieses Mal ärgerte mich das null. Sie waren wirklich sehr schön, anziehend und all das, aber dennoch wirkten sie eher genmutiert. Bei ihrem Anblick bekam man eher mal Eiszapfen im Blut, in der Schwanzgegend regte sich da rein gar nix. Schon nach ein paar Metern kapierte ich, woran es lag:

Geschminkt oder ungeschminkt, diese Nutten hier waren kaum älter als Nancy, eigentlich sogar ziemlich genau ihr Alter.

Ich war entsetzt: ein solcher Einbruch ethischer Grundsätze mitten in mein Geschlechtsleben hinein. Ob ich wohl von nun an zum reaktionären, total verklemmten Sexspielverderber mutieren würde, nur weil ich selbst ein Kind hatte?

Ich gab mir redlich Mühe, mich voll und ganz auf ihre Beine zu konzentrieren, auf ihr Lächeln, ihre Art sich zu produzieren, verletzlich und halt eben genau dafür da, «es» einem zu besorgen. Doch nix zu machen, es nervte mich tierisch, dass sie dermaßen jung waren, und ansonsten spürte ich rein gar nix.

Na gut, wenigstens zwei oder drei waren dann schon dabei, also, wenn's echt nicht anders gegangen wär, auf die hätte ich mich gerade noch einlassen können.

Die Eingangshalle war geräumig und voller Spiegel, damit sich der brave Bürger noch einmal von Kopf bis Fuß begutachten konnte, bevor er es mit der Welt draußen auf sich nahm. Gefiel mir natürlich ganz und gar nicht. «Für wen hält sie sich eigentlich, um in einem solchen Kasten zu wohnen?» Hausmeisterloge, keine Briefkästen, ultramoderner Fahrstuhl. In meinen Augen zierte selbst die mickrigste Kachel den Boden nur deshalb, damit ich schneller kapierte, was für eine soziale Niete ich war.

Das alles wurde natürlich nur noch schlimmer, als ich erst einmal oben in ihrer Wohnung war. Absolut alles machte mich stinkwütend. Angefangen beim Flur bis hin zum Wohnzimmer. Vom Couchtisch bis zum kleinsten Nippes. Vom Gestank in der Bude bis hin zu den Aperitifhäppchen. Jede Sache hatte ihren Preis. Das war schockierend, unübersehbar und niederschmetternd. Alice zeigte das für bürgerliche Schlampen typische Verhalten: Als sei überhaupt nichts dabei, als sei es absolut selbstverständlich, dass Typen wie ich auf Überfluss ganz natürlich reagierten, so als sei es das Normalste auf der Welt. Gerne hätte ich sie mal gesehen, um Mitternacht, Rue Myrha, wie die Prinzessin loszog, sich 'ne Packung Fluppen holen, und dann hätte ich zu ihr gesagt: «Wie, da ist etwas, was dich jetzt total aus der Fassung bringt? Also, das versteh ich jetzt aber nicht, ist doch alles so … normal.»

Nancy kam aus ihrem Zimmer heraus, war schon im Schlafanzug. So ein blaues Ding, aus einer Art Kunstfell, in dem sie aussah wie ein absolut durchgeknalltes Stofftier. Sie zeigte mir ihre Katzenbilder, die sie soeben gemalt hatte. Ich war nicht voll auf diese Art von Situationen vorbereitet, gab mir jedoch redlich Mühe. Danach ging sie sich vor die Glotze setzen. Ich hatte Angst, sie vielleicht enttäuscht zu haben, womöglich fand sie mich alten Sack ja zum Gähnen langweilig. Doch später verstand ich dann, dass es für sie nur darauf ankam, dass ich kam. Sie war total begeistert, dass ich keine zehn Tage nachdem ich erfahren hatte, dass es sie gab, bei ihr aufgekreuzt war. Dafür war sie mir unendlich dankbar und verlangte keinesfalls mehr. Ob mir dann auch immer was zu sagen einfiel, war ihr ziemlich schnuppe.

Ich setzte mich auf die Kante eines Sofas. So ein Ding, bei dem gleich der Haussegen schief hängt, wenn da mal 'ne Kippe oder auch nur 'n Tropfen Flüssigkeit drauffällt. Ich nahm da Rücksicht drauf. Jedes Mal, wenn ich meine Spucke runterschlucken musste, weil sich mir vor Groll, Misstrauen und Mitleid die Kehle zugeschnürt hatte.

Ich ging mir das Zimmer von der Kleinen ansehen, das reinste Märchenschloss. Das einzige brauchbare Zimmer in der ganzen Wohnung, auch wenn es überquoll vor Walt-Disney-Zeugs. Alles andere in der Wohnung war nicht zum Aushalten. Eine Invasion verrückter Gegenstände, die sich im Raum drängten, sodass das Ergebnis eher einer Fassade glich, die sich vor die Leere und Mittelmäßigkeit zu schieben suchte. Man musste sich echt selbst für eine Königin halten, um in so einem Ding zu wohnen.

Nancy wollte uns unbedingt was vortanzen, zu einem Song von Britney Spears. Ich hielt meine große Klappe, wie ich sah, dass sie die Scheibe hervorkramte. Hatte ganz einfach Lust, sie nicht zu ärgern. Sie war die Erste, bei der ich dieses Bedürfnis verspürte und das seit Jahren. Ungefähr seit ich so alt war wie sie, war mir das nicht mehr passiert. Außer bei ihr hatte ich bei allen Leuten, die mir über den Weg liefen, eher Lust, sie mal dringend beiseite zu nehmen, um ihnen direkt ins Gesicht zu sagen, was für eine Schraube bei ihnen wohl locker wär. Dass sie sich abrackerten, sich das bloß nicht einzugestehen, dabei aber besser daran täten, sich endlich nix mehr vorzumachen.

Fast hätte ich mich erwürgt, als sie zu tanzen anfing. Ich hatte mit so einer Nummer gerechnet, wie man das in 'ner Ferienkolonie lernte, verkleidet als Margerite, Robin Hood oder Teufelchen. Nicht etwa dass ich mich an bestimmte Schrittfolgen oder so erinnert hätte, aber dennoch wusste ich noch so ungefähr, was für eine Art von Stimmung dabei aufkam. Zum Beispiel hätte ich mir durchaus vorstellen können, dass sie sich auf den Fußspitzen stehend um sich selbst drehte oder zu hüpfen anfing, dabei die Arme nach oben streckte. Doch stattdessen verwandelte sie sich vom Kopf bis zu den Zehenspitzen in eine von diesen kleinen Schlampen, und Alice sah ihr dabei gleichgültig zu. Sie wackelte mit den Arschbacken, warf Kusshändchen in die Luft. Sich in den Hüften wiegend ging sie in die Knie und dann wieder nach oben, betont lasziv. Ich war wie versteinert. Als sie fertig war, applaudierte ihre Mutter, wenn auch nur wenig überzeugt. Es war sonnenklar, das Dämonische an der ganzen Szene ließ sie absolut unberührt. Mir hingegen war es anscheinend anzusehen, dass ich total schockiert war, denn Nancy brach in schallendes Gelächter aus, war höchst erfreut:

«Sieht fast so aus, als ob Papa das nicht so richtig gut findet, wie ich tanze.»

Sie wartete gespannt, wie wohl das Wort «Papa» auf mich wirken würde, beglückwünschte sich selbst, dass sie daran gedacht hatte. Dann ging sie wieder in ihr Zimmer, um da weiter Britney Spears zu hören, veranstaltete einen Heidenlärm. Es gab da überhaupt keinen Zweifel, sie feilte an ein paar neuen Schritten.

Eher unbeteiligt kommentierte Alice:

«Sie tanzt gut, stimmt's?»

Sogleich versuchte ich einzugreifen:

«Ist sie dafür nicht noch 'ne Spur zu klein?»

Alice machte sich lustig über mich:

«Na sag mal, du hast dich aber ganz schön verändert. Als Anstandsvater kannte ich dich noch gar nicht. Pass mal auf, Papa, wenn du dich weiterhin mit ihr treffen willst, musst du wohl oder übel runterkommen, von deiner Wolke. Deine Tochter glaubt schon lange nicht mehr an den Weihnachtsmann ...»

Spontan folgte ich einer Eingebung und beschloss, der Welt der jungen Leute und ihren neuen Sitten mit Offenheit zu begegnen, halt supermodern zu sein:

«Willst du damit sagen, dass …»

«Nein, irgendwo gibt's natürlich schon noch Grenzen.»

«Ach so, ja gut. Dann hatte ich also doch Recht: Sie ist noch zu klein, um so zu tanzen.»

«Sie imitiert eben, was sie im Fernsehen sieht.»

«Na, dann hoff ich doch mal ganz schwer, dass ihr keinen Schmuddelkanal empfangen könnt.»

«Hatte ganz vergessen, was du für ein Scherzkeks bist.»

Alice band ihr Haar nach hinten zum Knoten zusammen, steckte durch die Mitte einen Kugelschreiber, damit es hielt. Sie ging mir auf den Sack, ich hatte echt den Eindruck, sie würde nur aus milder Wohltätigkeit heraus zu mir sprechen. So als sei ich ein schwachköpfiger Gärtner, den sie aber dennoch gnädigerweise einstellen will. Ich fragte sie:

«Und dich hab ich damals gefickt? Kann mich null dran erinnern.»

Statt mir zu antworten «Ich auch nicht» und dann Themenwechsel, fing Alice an, voll die Fresse zu ziehen. Das fand ich ja nun das Allerschärfste. Erst hält sie die Kleine dreizehn Jahre lang vor mir versteckt, und dann soll ich noch nicht einmal meine Witze reißen dürfen.

Wir aßen irgendwelchen Schwachsinn vom Feinkosthändler. Selten war mir jemand begegnet, der so extrem genervt hätte wie Alice. So von sich eingenommen und sich in ihrem Scheißwohlstand suhlend zur Schau stellend. Dabei war der noch nicht einmal rein materiell, sondern auch noch obendrein richtig eklig, weil er sich auf idiotische, halbherzige Überzeugungen stützte. Sie hatte da so ein paar Ticks, die sonst nur Psychopathen hatten: die Börse, Immobilien, Grünpflanzen, Möbelläden, die Namen der ganz großen Klamottenhersteller, Luxushotels und feine Restaurants … Da ich arg gegen die Müdigkeit ankämpfte, bat ich sie, mir doch ein paar Fotos von Nancy zu zeigen. Sie suchte ihre ganze Wohnung ab, erzählte dabei weiter von lauter unerfreulichen Dingen, kam zurück und setzte sich wieder, sagte, sie könne sie gerade nicht finden.

Nancy aß vor dem Fernseher, schaute sich eine Videokassette von Madonna an und spulte bei jedem Song an die fünfzehnmal zurück. Regelmäßig stand sie dabei auch auf, um vor der Glotze zu tanzen, wobei sie jede Nummer auf ihren eigenen Stil zuschnitt. Ich war immer wieder superbesorgt, wenn ich sie sich so bewegen sah. Einerseits war ich erleichtert, dass sie wirklich gut tanzte, statt sich lächerlich zu machen. Andererseits war ich aber von Mal zu Mal nur noch mehr fertig, eben weil ich feststellen musste, dass sie gut tanzte und sich nicht lächerlich machte. Ich betete förmlich, dass sich das bei ihr ganz schnell wieder legte, bevor sie wirklich eine junge Frau wurde. Das Bild der Mädels unten verfolgte mich, ließ sich einfach nicht auslöschen.

Ihre Mutter hatte sie zirka siebenhundertfünfzigmal darum gebeten, sich dabei zirka siebenhundertfünfzig verschiedener Tonarten bedient, dann stand Nancy endlich auf und ging ins Bett. Als sie mir ein Gutenachtküsschen geben wollte, legte sie sich bäuchlings auf mich. Ich wusste noch nicht so recht, wie ich sie in meine Arme nehmen sollte. Irgendwie war ihr Körper schon der einer Frau, mit lauter Stellen, die man nicht berühren durfte, und zwar überall. Ich hatte den Eindruck, sie machte das beinahe mit Absicht, mir ihren großen Körper so in die Hände zu klatschen, insgesamt fast schon peinlich. Ich fragte mich, ob ich der Vater einer total Perversen war. Ich sagte mir, eines Tages, da käme sie vielleicht aus der Schule nach Hause und würde aus heiterem Himmel behaupten, ich hätte sie missbraucht. Dabei hätte ich in Wahrheit absolut nichts gemacht. Ich sah mich dann schon hinter Gittern, bei allen Mitgefangenen total verhasst, in Wirklichkeit aber unschuldig. Mein Leben zerstört. Ich spann den Faden weiter und dachte mir, dass ich dann aber wenigstens endlich mit dem Schreiben beginnen würde, so im Knast.

Plötzlich waren wir unter Erwachsenen allein. Ich hätte erwartet, dass wir nun über ernste Dinge reden würden. Dass Alice mir erzählen würde, was es mit der Kleinen für eine Geschichte auf sich hatte. Oder vielleicht, was sie eigentlich von mir bei der ganzen Sache erwartete. Oder dass sie mich zumindest ins Bett zerren wollte, wie besessen von dreizehn Jahren aufgestauter Lust. Doch meine ganz bestimmten Erwartungen an sie waren unberechtigt: Sie hatte einfach gesagt, ich solle bei ihr vorbeikommen, weil sie sich so den protokollarischen Ablauf eben vorstellte, in diesem dritten Jahrtausend: Ich finde den Vater meiner Tochter wieder, ich lad ihn ein auf'ne Kleinigkeit bei mir zu Hause. Am ehesten noch wollte sie mir dadurch zu verstehen geben, dass wirklich auch von ihrer Seite nichts dagegen sprach, wenn ich am Mittwochnachmittag immer die Babysitterin vertrat.

Alice hatte ihr Handy ständig im Auge behalten, den ganzen Abend über, wirkte dabei schon fast neurotisch. Zugleich fingerte sie ständig an ihrer Zigarette herum, ließ sie im Aschenbecher kreisartige Bewegungen beschreiben.

«Und ist sie fleißig in der Schule? Hat sie viele Freundinnen? Treibt sie Sport?»

Sichtlich betrübt, doch ohne deshalb gleich vom guten Ton abzuweichen, hörte sich Alice an, was mir da so alles einfiel. Sie stützte ihr Kinn in die Hand, zog eine der gepeelten Augenbrauen hoch und hoffte, mir würde das schon ganz von allein klar werden, dass meine Fragen absolut unpassend waren.

So als würde sich das schon wieder ganz von alleine legen, meine Begeisterung für die Kleine. So als sei es absolut sonnenklar, dass kein Mensch sich lange für sie interessieren konnte.

«Hat sie nie gefragt, wie ich so drauf war? Was hast du geantwortet, in solchen Fällen?»

Man sah mir wohl an der Nasenspitze an, was da bei mir für Gefühle hochkamen, das merkte ich gleich an Alices unverhohlen spöttischem Gesichtsausdruck. Sie war eben hart drauf, so hatte man sie erzogen. Alles was über ihren Begriff hinaus, an ihr vorbei oder irgendwie zu Bruch ging, ist dringend durch Hohngelächter zu kommentieren. Sie war dazu erzogen, ihren elenden Schutzpanzer für Upperclass-Eleganz zu halten. Sie stammte aus einer Familie, in der man noch vor gar nicht allzu langer Zeit automatisch gedacht hatte, auch beim Gang zum Schafott noch große Sprüche klopfen zu müssen.

«Mit wie viel Jahren hat sie denn angefangen zu sprechen? Liest sie die Zeitung?»

Man konnte fragen, was man wollte, Alice widersprach sich, verstrickte sich, wich äußerst ungeschickt den Fragen aus. Kurze, ausweichende Antworten, dann lenkte sie das Gespräch wieder auf sich. Drei Worte über Nancy kosteten mich ein Kapitel über die Mutter.

«Und für was interessiert sie sich eigentlich?»

«Für Jungs, seit diesem Jahr. Doch sie muss wieder auf den Boden zurückkommen, aufhören, sich selbst etwas vorzumachen und Geschichten zu erfinden.»

«Ich seh das natürlich eher vom Standpunkt des Mannes. Da kannste dir ja wohl denken, dass ich das nicht so richtig klasse fänd, wenn sie da wirklich mit den Jungs in ihrem Alter zugange wär. Aber gut, stimmt natürlich, sie hat das Recht, sich für Jungs zu interessieren …»

«Aber die interessieren sich nicht für sie. Das ist das Drama an der ganzen Sache.»

«Was weißt denn du darüber?»

«Hast du sie dir mal angeguckt?»

Das kam wie aus der Pistole geschossen. Alice machte keinerlei Anstalten, sich zumindest im Nachhinein für eine solche Äußerung zu schämen. Sie stand auf, um sich noch etwas Thymiantee zu kochen, in ihrer japanischen Teekanne, die ungefähr so viel wie ein gesetzlich geregelter Monatsmindestlohn wert war.

Als ihr Handy klingelte, kam Alice sofort aus der Küche zurückgerast. Sie stürzte sich auf den Apparat und begann plötzlich mit einer ganz anderen Stimme zu sprechen. Ihr ganzes Erscheinungsbild war mit einem Mal wie verwandelt: Plötzlich stand da wieder das blutjunge Mädchen vor mir, das ich von früher kannte. Ich glaubte mich mitten in einem Sciencefiction-Film, wurde Zeuge eines Zeitrisses. Die zärtliche, hintertriebene, leicht schwachsinnige und extrem perverse Alice wurde vor meinen Augen zu neuem Leben erweckt. Selbst nachdem sie schon wieder aufgelegt hatte, blieb sie noch die Jugendliche:

«Das war mein Süßer. Er wird jetzt jeden Moment nach Hause kommen. Der Ärmste war bei einem Geschäftsessen, und das hat sich leider hingezogen.»

Und so wie Frauen das eben machen, begann sie sich zu rechtfertigen, obwohl ich sie um keinerlei Auskünfte gebeten hatte:

«Er hat viel Arbeit und kann nicht ständig immer nur bei mir sein. Er ist ein sehr unabhängiger Typ, verstehst du?»

Ich packte meine Fluppen und mein Feuerzeug zusammen und war schon zum Gehen bereit. Sie hielt mich zurück:

«Nein, nein, er möchte dich dringend kennen lernen, nun wart doch noch eben.»

Wir guckten 'ne Weile fern, Alice kontrollierte so alle fünf Minuten ihr Handy, nicht dass er womöglich schon längst unten stand und wir schlichtweg das Klingeln überhört hatten ...

Ich bin dann schließlich doch los, bevor ihr Typ kam, so eine Stunde nachdem er angerufen hatte. An der Tür sagte Alice noch zu mir:

«Ich weiß wirklich nicht, wo der wohl so lange bleibt ...»

Ich verkniff mir den Kommentar, der mir spontan dazu einfiel, dass sich wohl die Sexorgie doch noch ein wenig hingezogen hatte. Es war zu wahrscheinlich, dass das am Ende sogar noch stimmte, und so hätte sie nicht darüber lachen können.

Die Aufzugstür schloss sich hinter mir. Ich korrigierte meinen ersten Eindruck: So schlecht standen ihr die Jahre gar nicht zu Gesicht. Und was ihr Talent betraf, die Männer scharf auf ein wenig Zeitvertreib zwischen ihren Oberschenkeln zu machen, da war sie sogar echt noch eine Preisklasse höher gerutscht. Einen tragischen Zug hatte sie zudem hinzugewonnen, so als wäre etwas in ihr zerbrochen. Das machte sie verletzlich und begehrenswert. Vor dem Haus begegnete ich einem Typen, der nicht besonders groß war und gerade aus einem Range Rover stieg. Der musste es sein, das erriet ich sofort. Anzug tadellos, recht gut aussehend, wenn man nun einmal eine Schwäche für Arschlöcher hat. Ihm wurde auch sehr schnell klar, wer ich wohl sein müsste, und so lächelten wir uns flüchtig zu. Ich befand, dass der mal eher ganz o. k. zu sein schien, sehr zuvorkommend. Aber viel zu große Karre und obendrein Luxustreter. Schon wieder musste ich mich aufregen.

° ° °

Ich ging zu Fuß bis nach Abesses zurück. Ich hatte Lust, zu mir nach Hause zu gehen, zu Catherine. Dass sie mich gar nicht mehr anrief, haute mich echt um. Ich bedauerte es, das Feld geräumt zu haben, hätte besser daran getan, mich an das Gitter vor einem der Fenster zu ketten. Sie zu zwingen, die Feuerwehr anzurufen, damit die mich befreien und abtransportieren. Dabei hätte ich dann um mich geschlagen und geschrien. Das sollte sie ruhig noch lange verfolgen, die Erinnerung an mich und wie sie mich fortgeschickt hat. So wie's jetzt gelaufen war, war das ja auch alles viel zu einfach für sie und viel zu ungerecht für mich.

Als ich den Schlüssel ins Schloss steckte, betete ich, dass Sandra schon schlief, denn ich hatte große Lust allein zu sein. Doch sie sprach gerade ins Handy, schob ab in ihr Zimmer, als sie mich kommen hörte. Ich hatte noch genügend Zeit, um mitzubekommen, dass sie eine Fresse zog, versuchte, den anderen abzuwürgen und sich dazu zwang, immer nur durch die Nase zu sprechen: «Mich hat echt voll die Grippe erwischt, können wir nicht wann anders telefonieren?» Doch der andere ließ anscheinend nicht locker, eine gute Viertelstunde blieb sie im Zimmer nebenan.

Ich hab mir in der Zeit einen Riesenjoint gebaut, war mir aber nicht sicher, ob das jetzt überhaupt etwas nützen würde.

Sandra kam zurück, verschlossener Gesichtsausdruck, an ihrer Schläfe pulsierte eine Ader. So hatte ich sie noch nie erlebt. Gezwungen lächelte sie mich an, setzte sich neben mich und begann wie zorneswütig die Kanäle rauf und runter zu zappen. Ich hatte Bock, sie zusammenzustauchen. Sie darauf hinzuweisen, dass man mich gerade erst verlassen hatte und ich soeben von einer ganz tollen Verabredung nach Hause kam. Also, da müsste ich mir doch wohl jetzt nicht auch noch ihre Dreckslaune reinziehen. Sie schluckte ihre Spucke runter, als ginge das nur unter größten Schmerzen. Ich bot ihr den Joint an und gab mir Mühe, fröhlich zu wirken:

«Ham'se dich geärgert?»

Sie fing zu heulen an, wie auf Befehl. Sie weinte bittere Tränen der Wut:

«Das war eben so ein Typ vom Fernsehen. Ich arbeite an einer Serie. Ist so ein Auftrag, den ich echt supergerne machen würde, und obendrein auch noch gut bezahlt ... echt so 'n Traumjob halt. Das war eben der Typ, der sich drum kümmert.»

«Und?»

«Er spricht mit mir wie mit einer Nutte. Ich weiß noch nicht einmal, was ich ihm darauf antworten soll. Fühle mich wie ein kleines Mädchen, zu doof, mich da wieder herauszubugsieren. Ich mach mir Vorwürfe, dass ich diesen Job will, dass ich ihn nicht einfach knicke. Ich mach mir Vorwürfe, dass er mit mir in die Kiste steigen will, es wagt, mich um diese Zeit anzurufen, um mir zu erzählen, dass ich schöne Augen hätte und aufpassen soll, dass mir in meinem dünnen Hemdchen nicht kalt wird. Wegen alldem mache ich mir Vorwurfe, verdammt, und zwar was für welche. Ich werf mir vor, nichts als ein Stück Scheiße zu sein ...»

«Aber Sandra, das macht doch nichts. Du hast eben nicht gewusst, was du ihm antworten sollst, na und ...?»

Doch sie geriet ganz schön außer sich. So kannte ich sie gar nicht. Zum ersten Mal in meinem Leben verstand ich all diese Frauen, die sich immer beschweren, viel zu gutmütig zu sein. Darüber hatte ich mich immer köstlich amüsiert. Doch wie ich sie da nun an jenem Abend so vor mir sah, war mir das auf einmal absolut unheimlich. Es war vollkommen ausgeschlossen, sie zu trösten, sie abzulenken oder ihr klar zu machen, das sei doch alles halb so wild. Sie heulte, als würde sie sich niemals wieder beruhigen können, ließ sich dabei aber nicht wirklich fallen. Sie bohrte noch tiefer in ihre Wunde hinein, wollte unbedingt bis zum Knochenmark vordringen.

«Und wenn ich ihm dann mal Kontra gebe, schimpft der mich gleich ’ne schlecht gefickte Alte, unterstellt mir, sozusagen keinen Spaß zu verstehen ... So als müsste man es unbedingt toll finden, von diesem dreihundert Kilo schweren Typen mit seinem verdammten Schweine-Face ‹ma chérie› genannt zu werden. Ob es unter all den Leuten, für die er so arbeitet, auch nur einen gibt, der drauf aus ist, sich endlich einmal um sein kleines Arschloch kümmern zu dürfen? Ob er wohl auch plötzlich keinen Spaß mehr verstünde, wenn ihm sein Chef die Nummer stecken würde: ‹Dein süßer Hintern dies, dein süßer Hintern das?› Und was soll ich denn dann machen, wenn er erst einmal spitz bekommen hat, dass ich mich nicht besteigen lasse? Ich weiß, wie das dann abgeht. Dann wird er überall erzählen, ich sei nicht sehr professionell, dies und jenes fehle mir eben noch, und im Übrigen hätte ich da auch was noch nicht ganz verstanden. Und dann werde ich ganz schnell rausgekickt, muss meine Klappe halten, denn das gehört nun mal zum Job. Ich hab Titten, also muss ich dafür gerade stehen ... Aber ich will diesen verdammten Job, muss schließlich das hier alles bezahlen und es ist echt zum Kotzen.»

Plötzlich stand sie unvermittelt auf, ich hatte keinen Schimmer, was sie vorhatte, doch dann trat sie mit ihrem Schienbein gegen den Couchtisch. Volle Kanne, schrie auf und setzte sich wieder, vor Wut völlig erschöpft:

«Ich fühle mich total besudelt, verdammt, echt voll besudelt und in die Enge getrieben ... Nichts als Ekel um mich herum, nonstop. Auch vor mir selbst ekelt es mich schon.»

Als ich sah, wie scheiße es ihr ging, fand ich sie auf einmal sympathischer, menschlicher. Das brachte sie mir sehr viel näher. Dass auch ihr die Dinge schwer fielen, sie verwirrten, ihr die Seele zerstörten und sie einfach nicht mehr wusste, wie sie's aushalten sollte. Ich begann zu kapieren, dass Sandra sich zwar ständig als große Dame aufspielte, aber eigentlich auch immer schnell mit ihrem Latein am Ende war. Dann sah es also so aus, dass wir wirklich Freunde werden könnten. Ich musste also nicht mehr ständig versuchen, sie auf meine Ebene herunterzuziehen, ihr die Maske abzureißen. Ich brauchte nicht länger ständig auf der Lauer zu liegen, wo denn nun ihr wunder Punkt sei, an dem ich mit meinem Messer ansetzen könnte. Ich rieb ihr über den Rücken, so in der Art, wie ich es bei einem kleinen Mädchen gemacht hätte, das sich gerade ganz doll wehgetan hat:

«Warum sagst du ihm nicht einfach, du hättest einen Freund, der wär Boxer und tierisch eifersüchtig?»

«Warum soll ich denn lügen?»

«Weil du in einer Jauchegrube arbeitest, Sandra. Und das hat nichts damit zu tun, ob du nun fickbar bist oder nicht. Wäre es nicht diese Art von Erniedrigung, dann wär's eben was anderes, gib's ruhig zu. Du arbeitest im Abwasserkanal. Da ist es doch ganz normal, dass du dich mit Scheiße abplagen musst. Das gehört eben zum Job, seh ich auch so. Das gehört eben dazu, dass man sich dort, wo man wohnt, mit der Scheiße der anderen abplagt. Warum machst du's dir dann noch schwieriger, willst unbedingt doppelt dafür bluten müssen? Vergiss es doch einfach, sobald du aufgelegt hast, aus und vorbei ...»

«'tschuldige, aber ... passt echt wie die Faust aufs Auge, wenn ausgerechnet du einem so etwas sagst.»

Sie kniff sich ins Ohr und lächelte halb dabei. Sie tat, als ginge es ihr auch weiterhin noch dreckig, doch ich sah natürlich sofort, dass ihre Stimmung schon wieder etwas besser war.

«Und wie war's bei dir?»

«Alice ist etwas blöd. Fickbar, aber halt etwas bescheuert.»

«Das eine schließt eben das andere nicht aus.»

«Ganz im Gegenteil. Mittwochs werde ich jetzt immer auf die Kleine aufpassen.»

«Ist die Mutter nett zu der Kleinen?»

«Geht so. Sie macht das so in dem Stil: ‹Mutter zu sein hindert mich nicht daran, Frau zu sein.› Es nervt sie tierisch, ein Kind zu haben, klarer Fall. Dass sie tatsächlich noch recht jung ist, entlastet sie natürlich.»

«Mütter kehren vor ihren Töchtern immer die Drecksschlampe raus. Ausnahmen gibt's da leider nur selten.»

«Hast du das in einer von deinen Frauenzeitschriften gelesen?»

«Mütter wollen Jungs haben. Mädchen finden sie vergleichsweise uninteressant. Ist dir das noch nie aufgefallen? Mütter und ihre Söhne. Die Mütter sind immer ganz stolz, wenn sie tatsächlich einen Jungen hingekriegt haben. Gerade so, als hätten sie dadurch auch einen kleinen Schwanz. Oh, wundersame Teilhabe. Das ist dann ihre einzige Eintrittskarte in die Welt der Aktion. Der Schlüssel zu allem, was ihnen verboten ist ... Ein Mädchen hingegen, was hast du da schon Außergewöhnliches zu erwarten? Höchstens, dass du dir tierisch alt vorkommst, wenn dann plötzlich alle auf deine Tochter und nicht mehr auf dich abfahren.»

«Mit Verallgemeinerungen bin ich immer 'n bisschen vorsichtig.»

Dennoch verstand ich ganz gut, wovon sie sprach. Mütter, die zusehen, wie ihre Söhne sich gegenseitig fast umbringen und ganz stolz sind über ein solches Spektakel. «Tja, ist eben nicht umsonst ein kleiner Junge!» Mütter, die ihre Söhne ermutigen, brutal zu sein, stolz sind, 'n echten Kerl auf die Welt gebracht zu haben. Sie nehmen da gleich eine ganz aufrechte Haltung ein, wenn sie über ihr Testosteron sprechen. Sie freuen sich sogar noch darüber, wenn ihnen der Sohn schlecht gehorcht. Das ist dann ein Beweis mehr dafür, dass da aber ganz bestimmt kein Weichei aus ihrem Bauch gekrochen ist. Und wie sie dann immer wieder diese zwei Wörtchen betonen: «Mein Sohn.» Halt weil sie so tierisch stolz darauf sind, einen zu haben. «Ich und mein Sohn», der Genuss der vollendeten Paarbeziehung. Söhne lehnen sich nie gegen ihre Mütter auf, lassen sie nie im Stich, werfen ihnen das Älterwerden nicht vor. Diese absolut wahnwitzige Liebe einer Mutter zu ihrem Sohn, das war mir schon in total vielen Familien begegnet. Ich hatte das immer deshalb so genau mitbekommen, weil es meiner Mutter scheißegal war; ob ich nun ein kleines Mädchen, ein Bengel oder ein Köter war, ging ihr voll am Arsch vorbei: Ich hinderte sie daran, ihr eigenes Leben zu leben und fertig aus. Als ich 'n kleiner Junge war, verprügelte ich total gern die andern kleinen Jungs, doch nie war es jemandem aufgefallen, dass ich immer vor allem diejenigen verdrosch, die von ihren Muttis abgeholt wurden, zu denen wir um vier alle zu Kuchen und Kakao nach Hause gingen und wo man immer meinte, die hätten echt nichts anderes zu tun, als ihren Jungs riesige Kuchen zu backen und ihnen die ganze Zeit die Jacken zu stopfen. Die Muttersöhnchen erkannte ich immer sofort, auch wenn sie schon erwachsen waren. Ich wusste, wie man die erkennt und verstand es, geduldig abzuwarten, bis meine Stunde gekommen war, um ihnen dann ordentlich an den Karren zu fahren und sie zu Kleinholz zu zerlegen. Dass sie etwas hatten, das mir fehlte, löste in mir Schuldgefühle aus. Deshalb wollte ich also, dass sie verschwinden sollten. Doch mit der Zeit war die Liste der Leute, die alle verschwinden sollten, damit ich mich nicht schlecht zu fühlen hatte, dermaßen lang geworden, dass ich ganz von allein der Sache überdrüssig wurde.

○ ○ ○

Ich war misstrauisch, als ich am Mittwoch dort ankam. Mir war klar, dass ich Distanz wahren müsste, dass von heute auf morgen alles wieder vorbei sein könnte, ich eben nur die Rolle eines Papas hatte, den man mal so eben aus dem Hut hervorgezaubert hatte.

Punkt neun Uhr war ich dort gewesen. Bereit, Nancy für den ganzen Tag zu übernehmen. Alice war enttäuscht, dass ich pünktlich kam, voll in Form und bester Dinge. Dabei hatte sie sich doch ein ganz genaues Bild von mir zurechtgelegt: Abhängertyp, unfähig, unzuverlässig und launisch. All das basierte auf uralten Eindrücken und der grillenhaften Vorstellung, wie so ein Bad Boy zu sein habe. Sie war eben eine von diesen Bonzenweibern, die enttäuscht waren, dass ich nicht noch 'n bisschen mehr destroyed wirkte. Sie hatte noch all ihre Zähne im Mund, schön glänzende Haare und sehr gepflegte Haut, doch damit das Ganze auch eine folkloristische Seite hat, hätte sie gern noch einen Punk dazu gehabt, der immer irgendwo um sie herum ist. Es war sehr wahrscheinlich, dass sie vor unserem Wiedersehen die ganzen alten Erinnerungen an mich noch einmal durchgegangen war, alles was damals war. Als mir außer Bier, Keilerei und Singles von Infanterie Sauvage alles andere am Arsch vorbeiging. Als ich jederzeit bereit war, mich Hals über Kopf in irgend 'nen Riesenscheiß hineinzustürzen. Doch jetzt ganz aktuell fand sie mich eher enttäuschend. Sie wollte für sonntags gern ihren eigenen Abel Ferrara haben, ein richtiges Raubtier unter den Nachtgestalten, mit dem sie vor ihren Freundinnen angeben könnte.

In dieses grillenhafte Wunschdenken passte ich nicht hinein, indem ich einfach als ein netter Typ auftrat. Im Übrigen musste sie dadurch auch definitiv einsehen, dass es ein Fehler gewesen war, mich nicht schon wesentlich früher informiert zu haben. Natürlich war auch ganz genau das der Grund, warum ich pünktlich kam.

Bevor sie aufbrach, überschüttete sie mich noch auf der Türschwelle stehend mit Ratschlägen, Verboten, Empfehlungen, Verpflichtungen ... Das war jedoch alles nicht unbedingt ein Anzeichen dafür, dass sie sich Sorgen machte, sondern eher ihre Art, mich wie ein Kind zu behandeln, mich daran zu erinnern, dass man mir keinerlei Verantwortung übertrug und ich deshalb besser daran täte, mal bloß keinen Mist zu bauen.

Dann war ich schließlich mit Nancy allein. Ich atmete tief durch. Ich hatte Angst, nicht zu wissen, was ich mit ihr anfangen sollte, doch dann pendelte sich das ganz von alleine ein: Jemand musste ihr nein zu allem sagen, pausenlos. «Darf ich mir alleine die Haare schneiden?», «Darf ich dir eine Frisur machen?», «Ich will nicht raus, sollen wir nicht lieber Musikvideos im Fernsehen gucken?», «Sagen wir's einfach der Mama nicht und du kaufst mir die Platte von Eminem?», «Kann ich ins Internet?», «Kann ich mich auch anziehen, ohne mich vorher zu waschen?», «Kann ich zum Rausgehen ein T-Shirt anziehen?», «Ich hab gehört, Joey Starr wohnt an der Porte Clignancourt, sollen wir nicht mal sein Haus suchen gehen?»

° ° °

Sandra hatte aufs Niederträchtigste davon profitiert, dass ich bei ihren abrupten Depri-Attacken immer Mitleid mit ihr hatte und mich dazu verdammt, sie auf eine Party zu begleiten. Sie hatte mich dazu maximal unter Druck gesetzt. Ich hatte mich echt schon ewig zu keiner Party mehr verlaufen, hatte diese Art von Schwachsinn, sogar noch lange bevor ich Klaustrophobie bekam, eingestellt. Sie musste echt richtig nerven, bis ich tatsächlich mit ihr ging.

«Wart's mal ab, am Ende kennst du da sogar noch tausend Leute.»

Genau das war's ja, was ich befürchtete. Meine Sorge, ich hätte da diese Klaustro-Klatsche, war ja nun doch inzwischen echt hinfällig.

Heidenlärm. Schon über den Hof schallte es einem entgegen. Dann eine Pariser Wohnung, viel zu klein, mit Leuten gerammelt voll. Von denen hatten alle eines gemeinsam, nämlich dass sie doof wirkten. Und dann noch etwas, sogar noch viel auffälliger: Die waren alle so alt wie ich.

Sogleich drehte sich mir der Magen um: müde Augen, aufgedunsene Gesichtszüge. Gestörte Verhaltensweisen, zu viele Jahre des Drogenkonsums. Lauter Leute, die einfach nicht checkten, dass für sie die glorreichen Jahre, wo man als Held gilt, wenn man sich die Birne zudröhnt, längst vorüber waren. Sie waren am Ende. Alles an ihnen wirkte nur noch pathetisch. Witzig ganz bestimmt nicht, doch um das noch mitzukriegen, waren sie allesamt schon viel zu zugedröhnt. Sie rissen alte Witze, schon genau so lange tot wie sie selbst. Es klang falsch, was sie sich da erzählten. Dazu machten sie Gesten, die waren allesamt längst überholt. Doch sie klammerten sich an ihnen fest. Es waren Gesten wie in einer jugendlich-leidenschaftlichen Sippe. Doch davon konnte bei ihnen schon lange nicht mehr die Rede sein, und mir wurd's nur noch schlecht von ihrem Theater.

Frauen mit aufgefrischten Titten, wodurch einem erst recht klar wurde, wie alt diese Weiber wohl sein mussten. So ganz allgemein war ich voll gegen den demokratischen Zugang zu großen Titten. Das nahm der Sache nämlich ihren Reiz.

Gesprächsfetzen fügten sich ineinander. Links und rechts verstreute Grüppchen. Ein paar Schwachköpfe redeten mit feuchter Aussprache. Sie hielten ihr Glas in der Hand und verwechselten ihren geistigen Verfall mit der Verstandesschärfe eines Dandys.

Mir gefielen diese Leute nicht. Ich ging von einem Zimmer ins andere, hörte ihnen zu, sah sie mir an. Die gefielen mir nicht. Sie machten mir sogar Angst.

Wie angewurzelt standen da noch in der Nähe der Plattenteller ein paar junge Insider, gekleidet wie zu Zeiten Pompidous, mit engen Pullis und kratzigen Hosen.

Ich rührte keinen Tropfen an. Ich hatte keine Lust, durch Alkohol doch noch besser draufzukommen. Mich doch noch mit den anderen anzufreunden. Am Ende womöglich stockbesoffen zu sein, mit diesen Leuten zu reden und dabei total zu vergessen, was ich eigentlich von denen hielt.

Vor dem Klo standen sie Schlange. Das passte mir null in den Kram, denn ich hatte gerade vor, mich mal fünf Minuten dahin zu verdrücken, so 'n bisschen meine Gedanken zu ordnen.

Dann kam Sandra mich holen:

«'ne kleine Stärkung gefällig?»

Ich folgte ihr in eines der Zimmer. Aus der Gesäßtasche ihrer Armyhose holte sie die Hülle von ihrem Monatsabo raus, da war alles drin. Ein kleines Päckchen nur, unter dem Monatsticket zusammengefaltet. Die Magnetkarte hatte sie hinter den Streckennetzplan von Paris geschoben. Sie rollte einen abgeschnittenen Mac-Doof-Strohhalm zwischen Daumen und Zeigefinger, damit er wieder seine konische Form bekam.

Alle Gesten vollzog sie sehr sanft, eine Zeremonie, die genauso wichtig war wie der ganze Rest.

Ich fühlte mich dadurch wie um Jahre zurückversetzt, damals hatten wir oft zusammen gekokst. Da hatte mich das noch immer superglücklich gemacht, als würde ich mitten in einen Film hineingeraten. Und ich war dann voller Ungeduld, das Ende der Nacht zu erleben, hatte Heißhunger auf fremde Seelen und Gespräche. Ein anderes Ich, zu allen Schandtaten bereit.

Neben dem Nachttischchen hockend zog Sandra zwei Lines. Dann stand sie auf und ließ mir den Vortritt, ganz galant.

Ich kniete mich hin, steckte mir den Strohhalm ins Nasenloch und zog das Pulver hoch.

Ein bekannter Geschmack hinten am Gaumen. Bitter und angenehm. Ich stand wieder auf und musste lachen:

«Mann, was dir das alles für Erinnerungen wieder auf den Plan ruft!»

Sandra gab mir ein Zeichen, dass sie mich nur zu gut verstehe, zog die zweite Line durch die Nase nach oben und stand wieder auf:

«Ja, wir hatten eine schöne Jugend. Und zumindest das kann uns keiner mehr nehmen.»

«Ab wann genau lief nur noch alles schief? Ich würd echt gerne wissen, was wir eigentlich falsch gemacht haben.»

«Bruno, das liegt nicht an uns, ganz bestimmt nicht ... Das wollte ich dir schon lange einmal sagen: Über das mit dir, mach dir da nicht immer solche Vorwürfe, so als hättest du da was vermasselt. An uns liegt das nicht, Bruno, niemand auf dieser Welt ist glücklich. Nicht ein einziger Mensch. Denk doch mal drüber nach. Allerhöchstens ganz kleine Kinder.»

«Das war schon immer so.»

Sie wischte sich vor dem Spiegel die Nase ab, sniefte mit gekonnter Eleganz, damit auch bloß alles ordentlich da hinging, wo es hinsollte. Dann zögerte sie kurz, faltete ihr kleines Viereck aus Papier wieder auseinander, ließ noch ein wenig Schnee auf das Nachttischchen rieseln.

«Die zweite Line ist immer noch besser als die erste.»

Mit einem Mal war ich ganz verliebt in sie. Vom Kopf her hatte ich tierisch Lust, sie in den Arm zu nehmen, sie zu streicheln und Sex mit ihr zu haben. Doch rein körperlich wäre mir auch schon die geringste Berührung zu viel gewesen.

Also blieb ich sitzen, wo ich war.

Als wir zurück zu den anderen gingen, fühlte ich mich bedrückt, eigentlich ging's mir sogar echt beschissen. Nach irgendwas sehnte ich mich. Doch was das eigentlich war, hätte ich nicht sagen können. Vertrautes Gefühl der Frustriertheit. Langweilig war mir aber überhaupt nicht mehr und die Zeit verging wie im Fluge.

Erst konzentrierte ich mich voll und ganz auf eine Blondine, die mir in der Küche aufgefallen war. Gegen den Kühlschrank gelehnt verfasste sie ganze Romane per SMS. French Maniküre, billig. Einen Haufen hell-dunkelblondes Haar, zum Knoten hochgebunden, cheap. Mit einem braunen Stift hatte sie sich die Lippen nachgezeichnet. Sie war voller Pickel, am Kinn und auf der Stirn. Die alle unter einer Schicht Make-up-Grundierung zu verbergen war ihr nur schlecht gelungen. Rosafarbener Pulli, der ihr nur bis zum Bauchnabel ging. Eine weiße Schlaghose und dazu klobige Schuhe mit dicken Sohlen. Dieser abgefuckteste aller Modelooks in seiner vollen Pracht, nur dass sie dabei etwas Rührendes an sich hatte. Anziehend. Etwas an ihr gefiel mir, ihre schrille Aufgemachtheit und dazu dieses Liebmädchenhafte. Vielleicht lag es an ihrem melancholischen Touch, dass man sofort Lust bekam, mit ihr zusammen zu sein. Sie zu streicheln und zu beschützen. Sie hatte aber auch diesen kleinen, vulgären Touch an sich, der in Sachen Bett immer sehr viel versprechend war. Der Urtyp des leichten Mädchens, mit so vielen Komplexen beladen, dass sämtliche Schwachstellen offen zur Schau gestellt wurden. Ich steuerte auf sie zu, vor Zutraulichkeit fast überschäumend. Ich sagte ihr:

«Du, ich mag dich. Ich glaube, noch nie hat dich ein Mann gesehen, so wie ich dich sehe. Ich würde mich gern in dich verlieben.»

Doch anscheinend fehlte es mir an Überzeugungskraft, an Pepp oder was weiß ich. Sie blickte mich an, ganz entsetzt, eher tief traumatisiert als sonst irgendwas. Sie verließ die Küche.

Ich machte mich dann sogleich über eine saublöde, aber absolut göttliche Rothaarige her. Ich hatte sie genau auf dem Kieker, während wir sprachen, doch an keiner Stelle sah sie aus wie nachgebessert. Sie war eben so zur Welt gekommen: wunderschön. Idiotisch bis zu einem Punkt, an dem's poetisch und verwirrend wirkte. Dass sie zwar mit einem Mini-Hirn, dafür aber mit Monstertitten auf die Menschheit losgelassen worden war, machte sie wahnsinnig sexy. Sie schwebte ja in ständiger Gefahr, wurde bedroht und brauchte unbedingt einen Mann. Sie hörte mir derart gierig zu, lachte großzügigst selbst über den armseligsten meiner Witze, sodass ich mir doch kurze Zeit ernsthaft Gedanken machte, ob sie mich vielleicht mit jemandem verwechselte. Fast hätte ich mir schon wieder einreden wollen, dass da eh nichts draus werden könnte. Ich würde sie bis zum Morgengrauen voll labern und dann würde sie mich abblitzen lassen, sie hätte keine Wohnung und ich ja wohl keine Kohle fürs Hotel, oder halt irgend so 'ne blöde Ausflucht. Fast hätte ich sie also schon stehen lassen, doch sie begann sich dann an mich zu hängen und erkundigte sich, ob ich sie nicht heimbegleiten könne.

Arm in Arm verließen wir die Party, ich war stolz auf mich. Hatte nach Sandra gesucht, um ihr Bescheid zu sagen, traf sie ganz in ein Gespräch vertieft an, mit einem großen, blöden Kerl voller Tätos. Sie stand und drehte sich eine, auf der Innenfläche ihrer Hand, hörte ihm zu und zog elegant die Nase hoch. Ich war ziemlich stolz, mit einer solchen Frau befreundet zu sein. Und außerdem zufrieden, dem großen, blöden Kerl voller Tätos zu zeigen, was für 'ne scharfe Braut ich mir von der Party mit nach Hause nahm. Ich hoffte natürlich, er würde superneidisch auf mich sein.

Sie wohnte in einem Dienstmädchenzimmer. Sie hieß Stéphanie, eine erstaunliche Person. Sie war gar nicht so sehr die Prinzessin, wie ihr das ihr Aussehen vorschrieb. Wir rauchten riesige Joints, hörten Björk und Beck und Daft Punk. Ich war dermaßen zugedröhnt, dass mir auch diese Musik gefiel. Es war voll die Traumnacht. Doch ich kam nicht. Mich überraschte das nicht weiter, schon seit mehreren Tagen, immer wenn ich mir einen runterholen wollte, kam ich einfach nicht zum Zug, es sei, ich wollte es wirklich absolut nicht aufgeben, nahm in Kauf, mir dabei wehzutun. Stéphanie nahm das sehr persönlich und startete rührende Rettungsaktionen. Vergebliche Liebesmüh, doch sehr angenehm.

Am nächsten Morgen tat mir die Nase weh und zudem wurde ich furchtbar melancholisch, so neben ihr aufzuwachen. Ich fand sie echt nett, witzig beim Wachwerden, wirklich wie ein kleines Mädchen. Echt scharf und bestimmt nicht faul, wenn sie unten lag. Insgesamt stimmte bei ihr alles. Nur war sie eben nicht Catherine und an jenem Morgen löste dieses göttliche Geschöpf, das sich da so an mich schmiegte, bei mir nur eines aus: die Erinnerung daran, dass ich die Frau, mit der ich echt hätte zusammen sein wollen, verloren hatte.

° ° °

Mittlerweile verbrachte ich jeden Mittwoch mit Nancy. Wir gingen durch die Stadt spazieren, eine bessere Beschäftigung war mir einfach nicht eingefallen, doch Nancy schien es zu gefallen. Immer wenn ich ihr vorschlug, einen Film anzusehen, antwortete sie mir: «Den kenn ich schon.» Meist stimmte das überhaupt nicht. Sie erzählte echt viel Mist. Die ganze Zeit wollte sie einem was vormachen. Ihr Bezug zur Realität war recht verschwommen, funktionierte halt noch nicht so recht. Systematisch ließ sie immer dem Übernatürlichen den Vortritt. Im Gegensatz zu ihrer Mutter fand ich das weder nervig noch beunruhigend. Sie machte das ganz hervorragend, hatte immer eine ganze Heerschar von Nebenfiguren auf Reserve, die blitzschnell in unbesetzte Rollen schlüpften, nur kurz beim Namen genannt werden mussten. Ein Beweis ihrer großen Phantasie. Ich sagte mir, die bräuchte sie auch, für das, was ihr noch bevorstand.

Wir besichtigten jeden Mittwoch ein anderes Viertel. Alte Reflexe meldeten sich bei mir wieder, aus der Zeit, als ich ein kleiner Junge war und mich ohne einen Pfennig auf der Tasche draußen rumtrieb. Massig Acid und Dynintel geschluckt zu haben hatte zumindest bewirkt, dass ich mich in gewisser Weise sehr gut auskannte in der Stadt. Ich entdeckte, dass ich ganz viele Straßenecken kannte, Innenhöfe, komische Statuen, enge Gässchen und kleine, versteckte Parks. Oft streckten wir die Nase in die Luft, versuchten, schöne Wohnungen zu wittern.

Über bestimmte Passanten machten wir uns lustig. Nancy erzählte mir was über Buffy und wie man Vampire jagte. Ich versuchte ihr klar zu machen, dass Notre-Dame einem gigantischen Raumschiff ähnelte, zum Abheben bereit. Sie nickte, um mich nicht zu verletzen.

Sie raste wahnsinnig gern in die Geschäfte rein, wenn sie die Musik drinnen wieder erkannte und tanzte zwischen den Regalen. Sie wollte, dass ich mit ihr tanzte, plusterte ihre Wangen auf und machte lustige Schritte. Ich hatte mich daran gewöhnt, dass sie wie eine läufige Hündin herumwackelte, und fand das inzwischen sogar lustig.

«Meinst du, wir wohnen eines Tages mal zusammen?»

«Du wirst wohl mal was Spannenderes zu tun haben, als mit deinem alten Vater zusammenzuwohnen.»

Sie vergötterte mich und das war gar nicht mal so unangenehm. Beim Gehen wollte sie sich immer bei mir unterhaken und brachte mich dadurch ein wenig aus dem Gleichgewicht. Ich hatte Schiss, die anderen Passanten könnten uns schräg anschauen, sich überlegen, ob ich nicht vielleicht ein alter, total enthemmter Kinderschänder sei. Doch es kam nie dazu.

Ich war ihr großer Held und hatte große Lust, auch weiterhin ihrer Zuneigung gerecht zu werden. Diese Art von Liebe, die sie für mich empfand, war derart uneingeschränkt, bedingungslos, solide und groß, dass mich das nicht in Panik versetzte. Es war ein blindes Zu-mir-Stehen, das von Liebesbeweisen, Ereignissen und Worten unbeeinflusst zu bleiben schien.

«Ist es nun bald fertig, dein Buch?»

«Fast. Bald geb ich's dir zum Lesen.»

Ich wollte wirklich dieses Buch schreiben, ich fing zwar immer noch nicht damit an, doch der Wunsch in mir wurde heftiger als je zuvor.

Wenigstens eine wollte ich zufrieden stellen. Hatte ja sehr schlecht begonnen, mit meiner Mutter, der ich lästig war. Dann meine ganzen Freundinnen, die mich irgendwann satt hatten. Doch mit dieser einen hier, da würde mir die Vergeltung gelingen.

An einem regnerischen Mittwoch fuhren wir mit der U-Bahn bis Les Halles. Sie folgte mir, sichtbar unruhig, versuchte das aber zu verbergen:

«Ich bin schon damit gefahren, weißt du das überhaupt? Mehrmals sogar.»

Es ging mir sehr nah, wie sie da auf einmal die Aufschneiderin markierte. Ich fand es traurig, dass sie schon Angst haben musste, ich vergaß darüber meine eigene Angst. So ganz allmählich wurde mir klar, dass ein tiefer Graben sie von der Welt trennte. Vor ganz alltäglichen Dingen hatte man ihr Angst eingebläut, vor an den Haaren herbeigezogenen Gefahren. Und sie zog sich ängstlich auf ein ganz kleines Fitzelchen amputierte Scheinrealität zurück. Ich stieg die Treppen zur U-Bahn herab und führte sie dabei an der Hand, ohne selbst auch nur eine Spur von Angst zu haben.

Sie veränderte mich, gab der Plackerei und dem Alter, das ich inzwischen erreicht hatte, einen Sinn. Das Gefühl, einen Auftrag zu erfüllen, etwas tun zu müssen und endlich einmal zu wissen, wie ich's anzustellen hatte. Ich wusste ja, wie ich sie zu beruhigen hatte, sie zum Lachen brachte und ihr zwei, drei Dinge in aller Ruhe erklären konnte. Ich verstand es, ihr schöne Stunden, Spaziergänge und Lachanfälle zu bescheren. Zum ersten Mal in meinem Leben hatte ich das Gefühl, meine Sache gut zu machen, ohne dabei zu schummeln, ohne Hochstapelei. Ich übernahm eine Rolle und hatte auch das Recht, meine Sache gut zu machen und sie zu mögen.

Zwar gilt es als erwiesen, dass der Punk-Rock eine katastrophale Vorbereitung auf das wirkliche Leben ist, da er einem weder Gehorsam noch Konkurrenzkampf beibringt, weder Resignation noch all die täglichen kleinen Verdrängungsaktionen, die eben sein müssen. Dennoch handelt es sich hierbei um eine gute Schule, in der man lernt, sich um ein kleines Mädchen zu kümmern, ohne es kleinkriegen zu wollen, unter dem Vorwand, es gäbe ja schließlich Schubladen und da müsste man es doch hineinzwingen können. Ich wollte sie nicht verstümmeln, bestand nicht darauf, dass sie endlich Ruhe gab und wusste aber auch, wie man sie zum Teufel schickte, wenn das wirklich einmal sein musste. Insgesamt bekam ich das ganz gut hin.

Ihr Alter machte mir etwas Angst, der Moment, wo sie zum ersten Flug aus dem Nest ansetzen würde. So als befände sie sich in einem Zug, der noch am Bahnsteig hält und ich würde ihr durchs Fenster alles, was ich finde und was auf ihrer Reise nützlich sein könnte, hineinwerfen. Ich wünschte ihr, sich überall durchzuschlängeln, immer den richtigen Schlüssel und die verborgenen Schätze zu finden. Ich wünschte ihr, sich besser zurechtzufinden als ich und ihre Mutter.

In was für einer Art Welt würden diese Kinder erwachsene Menschen sein?

«Gehen wir zum Japaner?»

«Nein, das ist zu teuer. Wir suchen uns eine Pizzeria.»

Einschränkungen verwunderten sie sehr, sie fand sie angenehm, exotisch.

Mich kosteten diese Mittwoche ein Vermögen. Sandra bereitete mir immer einen Stapel CDs vor, die ich verkaufen gehen konnte.

Ich war total von den Socken, was das ganze Zeugs für die Kinder so kostete. Die Klamotten, Spiele, Bücher, DVDs, Walkmans, Turnschuhe, Taschen. Selbst die kleinste Kleinigkeit kostete ein halbes Vermögen. Warum waren die Schaukästen nicht angepinselt, warum gab es keine Warnplakate über den Eingängen: «Achtung, Zugang nur für Reiche»? Etwa damit wir dem Misstrauen unserer Kinder ausgesetzt sind, weil wir nicht das Geld hatten, ihnen das zu kaufen, was man ihnen da unter die Nase hielt, in sämtlichen Straßen und in allen Fernsehprogrammen? All das, was zu besitzen doch dem Anschein nach ganz selbstverständlich war. Und da sollten wir wirklich unseren Kindern erzählen, das könnten wir ihnen nicht kaufen?

Nancy wollte ins piekfeine Colette, zur Konfiserie Angélina oder gar in die Prada-Boutiquen. Ich musste sie am Arm zurückziehen:

«Sag mal, tickst du noch ganz richtig? Ich geh da nicht rein, da wimmelt's ja nur so von Bonzensäuen.»

Sie beobachtete mich aus den Augenwinkeln, war neugierig und perplex. Die Sache war nicht sogleich abgetan, sondern bahnte sich ihren Weg durch Nancys Hirn. Und dann, am darauf folgenden Mittwoch, wir waren gerade in einer Konditorei, rief sie aus lauter Kehle und zeigte dabei auf eine brave, etwas steife Dame:

«Papa, hast du das gesehen? Diese alte Bonzensau, wie sie immer versucht, sich vorzudrängeln?»

Jeder Sache wurde ein Sinn zugeordnet und durchwanderte in Nancys Innerem sämtliche Stationen. Sie saugte neue Informationen mit wahnsinniger Geschwindigkeit in sich auf, verwendete sie selbst, halt so auf ihre Art. So wie ganz kleine Kinder ganz schnell neue Wörter lernen und sie sich ein für allemal merken. Nancy war gerade in dem Alter, in dem man alle neuen Ideen in sich aufsaugt und sie dann nie wieder loswird.

Sie war in dem Alter, in dem die Dinge noch Berge zu versetzen vermochten. In dem Filme ausgezeichnet sind, Platten apokalyptisch und die ersten Bücher gleich das ganze Leben verändern.

Ich hatte die absolut todsichere Masche gefunden, sie dazu zu bringen, alles zu lesen, was ich wollte:

«Und vor allem darfst du deiner Mutter mit keinem Wort erzählen, dass ich dir dieses Buch gekauft hab. Versprichst du mir das?»

Regelmäßig erhielt ich empörte Anrufe von Alice:

«Nancy hat mir soeben gesagt, du wärst damit EINVERSTANDEN, dass sie sich eine Augenbraue piercen lässt. Diese Art Entscheidungen triffst NICHT du, Bruno, ist das klar?»

Sie sprach bemerkenswert deutlich, ich freute mich innerlich, dass sie sich so die Blöße gab:

«Alice, nun erzähl mir bloß nicht, du hättest das geglaubt.»

Sogleich wurde ihr der eigene Fehler klar, sie ärgerte sich drüber und schnell ging's weiter im Text:

«Sie muss dringend mit der Lügerei aufhören.»

«Sie nutzt dazu jede Gelegenheit aus. Das ist doch vollkommen normal, absolut typisch für ihr Alter.»

«Woher willst denn du schon wissen, was normal ist?»

Alice nahm mir das übel, dass ich so mir nichts dir nichts dahergekommen war und mich sogleich blendend mit Nancy verstanden hatte. Zwei Wochen nachdem ich in ihrem Leben aufgekreuzt war, brachte die Kleine auf einmal gute Noten nach Hause, denn das war nun einmal ihre Art, der Welt mitzuteilen, dass ihr etwas gut tat.

Doch noch viel mehr nahm Alice es mir übel, dass ich nicht arbeitete. Dass ich mittwochs immer frei hatte, Hände in die Taschen und von wegen ein Handy dabei. Dass ich die Zeit dazu hatte, mir Filme anzuschauen und Bücher zu lesen, herumzutrödeln. Sie hatte natürlich keine Ahnung, wie beängstigend, erniedrigend und unerträglich das für mich war. Sie sah nur, was cool an der ganzen Sache war, frei von jeder Verantwortung zu sein, immer Zeit zu haben. Halt ein ewiger Rumlungerer, von dem sie glaubte, die unangenehmen Seiten des Erwachsenseins könnten ihm nichts anhaben.

Von dem Trip, mir vorzustellen, sie habe in ihrem Leben auch nur irgendwas erreicht, war ich ganz schnell wieder runter. Sie setzte sich mit ihrem kleinen Hintern in 30 000 Francs-Sessel, stellte sich beim Feinkosthändler Fauchon und nicht im Supermarkt Auchan in die Schlange und fraß Austern, so wie ich mir Sandwiches reinschob. Aber es war frappierend, dass ihr auch das nicht half, sich wenigstens etwas weniger dreckig zu fühlen.

Sie hatte ein Leben, das war fast noch schlimmer als das von einer Kassiererin. Ein Scheißleben, mit dem Stundenplan von einer Sklavin. Immer war sie am Telefon erreichbar, immer lag ihre natürliche Gesichtsfarbe unter Make-up-Grundierung begraben, immer litt sie an Müdigkeit, Nervenkrieg und an der sie umgebenden Gefühlsleere.

Früher, da kümmerten sich wohlgeborene Menschen, halt so wie sie, um nichts anderes als um ein schönes Leben. Da wäre es undenkbar gewesen, dass eine reiche Frau ihren Charme durch niedrige Dienstbotenarbeit einbüßte. Auf die Welt, mit der sie es aufzunehmen hatte, war Alice einfach nicht vorbereitet. Man hatte sie in der Illusion einer alten Welt aufwachsen lassen. Deshalb konnte sie nichts wegstecken.

Die Legitimität ihrer Herkunftsklasse war furchtbar, grausam und durchaus fragwürdig, aber halt eben eine Legitimierung wie jede andere auch: nämlich das Vergnügen. Guter Geschmack, Raffinesse, Savoir-vivre ... Eine ganz kleine, privilegierte soziale Klasse wurde zum fitzgeraldischen «Konvergenzpunkt» der Arbeit, die den gesamten restlichen Planeten stumpfsinnig werden ließ. Alle rackerten sich ab, damit einige wenige Personen sich darauf konzentrieren konnten, es sich gut gehen zu lassen, sich geschmackvoll und stilvollendet zu geben. Und eben nicht bloß ganz einfach simple Arbeit zu verrichten.

Inzwischen müssen auch diese Auserlesenen, und die sogar an erster Stelle, wie die Sklaven den Rücken krumm machen. Ein Leben voller Arbeit. Ohne Garantie, ohne Zeit für irgendwas. Die Ausbeutung war noch härter geworden, nur dass sie nicht mehr auf das Glück irgendwelcher Einzelpersonen abzielte.

Und Alice nahm mir das krumm. Sie bildete sich ein, ich hätte das schlauer als sie angestellt. Sie, die immer artig alles so gemacht hatte, wie es sich gehörte – auf ihre katholischen Eltern gehört und nicht abgetrieben, immer gut gearbeitet und sich verausgabt, brav an die materiellen Werte geglaubt, alles ordentlich getan, um ordentlich alles zu bekommen, was man haben musste –, kriegte nun spitz, dass man sie reingelegt hatte. Also lehnte sie sich gegen mich auf, so einfach war das.

Ich vermied es sorgfältig, ihr zu verstehen zu geben, dass ich keine großen Sprünge machen konnte, so ohne Wohnsitz, ohne Kreditkarte, ohne Einkommen und ohne Lebensziel. Ich ließ den Typen raushängen, der das alles cool nimmt, denn es machte mir Spaß, sie zu ärgern.

Regelmäßig, eingeschoben zwischen zwei vollkommen belanglosen Bemerkungen, ließ Nancy eine ihrer unauffälligen Bomben hochgehen, auf die nur sie sich so vorzüglich verstand:

«Hast du sie denn zumindest geliebt, meine Mutter?»

Sehr aufrichtig antwortete ich mit ja, sie sei witzig und irgendwie rührend, wobei ich es vermied, ihr von all den anderen Qualitäten zu erzählen, die ich so bei ihr hatte feststellen können. Ich sagte, ich hätte sie geliebt, doch nicht besonders lange, und dann hätte das Gefühl immer mehr abgenommen.

«Seid ihr durch den Umzug voneinander getrennt worden?»

«Ja. Du warst damals noch nicht mehr als ein ganz klitzekleines Fleischknäuel, das sich da im Bauch deiner Mutter eingenistet hatte.»

«Bisschen so wie Romeo und Julia.»

«Davon mal abgesehen, dass wir nicht tot sind, schon.»

° ° °

Jeden Morgen fasste ich gleich beim Wachwerden eine Reihe radikaler Entschlüsse. Doch es steckte da immer noch die Idee dahinter, Catherine zu verblüffen, wenn sie nur erst einmal anrief und mich wiedersehen wollte. Ich würde dann mit ihr fröhlich pfeifend in überfüllte Restaurants gehen. Mein Buch würde ich ihr zum Lesen geben, mit Spaß und Einfallsreichtum verfasst. Meine Tochter würde ich ihr vorstellen, die schon seit längerem einen wahnsinnig guten Draht zu ihrem Vater gefunden hätte. Und dann würde ich ihr auch noch aus heiterem Himmel vorschlagen, doch am Samstagnachmittag in einem der großen Kaufhäuser außerhalb einkaufen zu gehen, wir könnten ruhig mit meiner Kreditkarte bezahlen ... So wär ich auf einmal haargenau der Typ, den sie bestimmt nicht weggeschickt hätte, und sie würde sich wahnsinnige Vorwürfe machen.

Wenn man so auf der ausgeklappten Schlafcouch lag, schien es mit einem Mal das reinste Kinderspiel zu sein, sich aus der Talsohle wieder nach oben zu begeben: Ich müsste bloß einen Verleger finden, der was für mich zu übersetzen hätte, halt irgendeinen kleinen Broterwerb, damit wieder ein wenig Geld in die Kasse käme. Endlich wieder mal 'n bisschen Sport treiben, mir ein Schwimmbad suchen, das dieser Bezeichnung würdig war und wo man auch tatsächlich mal 'ne Länge schwimmen konnte, ohne sich gleich an allen Ecken und Kanten zu stoßen. Mir bei jemandem das nötige Kleingeld borgen, um mit Nancy am kommenden Mittwoch ins Kino zu gehen. Möglichst bald eine Ein-Raum-Wohnung für mich finden und natürlich mein Buch beginnen ... Ich hatte meine helle Freude an dieser sehr genauen Auflistung, und alles erschien mir durchaus machbar zu sein.

Doch sobald ich dann aufgestanden war, hätte ich am liebsten wie ein kleiner Junge losgeheult, denn ich hatte keinen Schimmer, womit ich nun beginnen sollte.

Also drehte ich mir erst einmal einen Joint. Dann lief ich planlos durch die Wohnung, suchte ständig was und gab mich trüben Gedanken hin, die ich fünf Minuten später schon wieder vergessen hatte.

Sandra hatte mir die Nummer von einem Verleger gegeben, den sie zufällig kannte. Ich hab drei Tage gebraucht, um den endlich anzurufen. Und an dem Morgen, für den wir uns verabredet hatten, da wachte ich mit 'nem steifen Hals auf. Doch Sandra redete dermaßen auf mich ein, dass ich da jetzt aber trotzdem hingehen sollte, dass ich schließlich nach unten ging. Heimlich nahm ich mir vor, einfach 'ne Weile in einer Bar abzuhängen, um dann wieder nach Hause zu latschen, meine Verabredung sausen zu lassen und noch nicht einmal vorher kurz telefonisch abzusagen. Mein Plan war dermaßen abwegig, dass das sogar mir auffiel.

Also ging ich hin, fluchte wild über Sandra: «Ich bin kein Abtrünniger, tut mir Leid, ich hab noch eine Sensibilität und auch noch 'n paar linke Grundeinstellungen.» Ich wartete dreißig Minuten lang auf den Typen, war in größter Panik, der würde am Ende gar nicht kommen und ich müsste meinen Tee selbst bezahlen. Dabei hatte ich null Bock, in Erfahrung zu bringen, wie viel heißes Wasser an einem solchen Ort wohl kosten würde.

Ein Typ hinter mir behauptete im klagenden Tonfall:

«Ich weiß, dass er jetzt anfängt, sich zu sagen, nun werd ich einer von den ganz Großen. Und genau das ist meine Zukunft. Alle sagen mir das.»

Eine Dame mit heiserer Stimme versuchte Vertrauen einzuflößen, sozusagen mütterlich zu wirken, doch was sie sagte, wirkte dennoch sehr von oben herab:

«Du bist ein wahrer Schriftsteller. Wirklich.»

«Genau das sagen sich die Leute allmählich, überall … Ich weiß, dass ich ein recht spartanisches Leben führe, aber dennoch, das ist ein bisschen zu heftig … Du musst unbedingt mein Buch lesen.»

«Gleich jetzt am Wochenende.»

«Du wirst schon sehen, das liest sich wie von selbst. Ganz leicht wird's einem dabei ums Herz.»

Auf diesen letzten Erguss hin drehte ich mich doch einmal um und warf einen Blick auf den Erleuchteten. Sein Alter war schwer zu schätzen. Gekleidet war er wie ein Depp. Ein kindliches Lächeln umspielte seine Lippen, er war pausbäckig und hatte klare Augen. Ihn zu hassen fiel schwer, es blieb einem nur, ihm zu misstrauen.

Dann kam ein Stoß Amerikaner herein; der Typ, der Bücher schrieb, bei denen es einem ganz leicht ums Herz wurde, war in Wahrheit Journalist. Er hielt das Mikro, während die verrückte Alte Fragen stellte. Fast hätte man meinen können, man sei da mitten in einen schlechten Sketch hineingeraten:

«Richtig, wo wir gerade von Danone sprechen … Die Gewerkschaften haben den Arbeitern gesagt, und die Kommunistische Partei ist da übrigens der gleichen Meinung, dass da Börsengründe dahinter steckten, wenn sie jetzt ihren Arbeitsplatz verlieren. Gemeint ist natürlich, dass es mit den Rentenfonds zusammenhängt.»

Es war da noch so ein Typ dabei, der übersetzte die Frage, flüsternd und in einem Affenzahn. Der Interviewte schien nicht verärgert zu sein, aber antwortete dennoch sehr bestimmt:

«This is a lie.»

Zustimmend hörte die Dame ihm zu, ihre Brille war ihr bis ganz auf die Nasenspitze heruntergerutscht. Ihr leicht faltiger, eingefallener Hals wippte auf und ab, während sie sich sehr interessiert gab und dies mit «hm, hm» zum Ausdruck brachte.

Der Ami war voll in Fahrt:

«Gegen die Globalisierung zu sein, das ist doch vollkommener Blödsinn. Gerade so, als würde man sagen: ‹Ich bin gegen den kommenden Morgen› oder ‹Ich bin gegen die Sonne.›»

Und alle, die um ihn herumstanden, kicherten. Sie waren entsetzt und auch etwas erstaunt, dass es da tatsächlich Leute geben sollte, die so naiv waren, dass sie sich gegen Selbstverständlichkeiten auflehnten … Sie waren zwar entsetzt, aber andererseits auch entzückt, dass sie selbst also gute Bürger waren, klug und schicksalsergeben.

Von dieser Ecke im Stadtviertel aus betrachtet, und erst recht von dieser Bar aus, war es wirklich nicht sonderlich schwierig, diese ganzen, vollkommen überholten Vorbehalte gegen ein doch gar nicht mal unbedingt schlechtes System als total lächerlich abzutun … Hatte man's denn etwa nicht ganz gemütlich, in dieser scheiß Ecke des 5. Arrondissements? War man denn nicht bestens isoliert und behütet?

Der Typ, mit dem ich verabredet war, tauchte ganz plötzlich auf, entschuldigte sich, dass er mich nicht in seinem Büro empfangen könne, doch sie seien gerade dabei, frisch zu streichen … Ich sagte:

«Dafür muss ich Ihnen ja eher noch dankbar sein. Ich find's hier sehr angenehm.»

Noch während ich's aussprach, wünschte ich mir, mich im nächsten Moment zu erhängen oder, noch besser, ganz von selbst zu explodieren, gleich hier an Ort und Stelle, damit das ganze Pack um mich herum wenigstens dieses eine Mal auch sein Fett abbekam.

Ich kapierte nicht ganz, ob der Typ nun gerade erkältet war oder Drogenprobleme hatte. Er sprach mit ganz leiser Stimme, aber dafür sehr schnell, weshalb man sich zu ihm vorbeugen und konzentrieren musste, sonst hätte man ihn nicht verstanden. Ich war das nicht gewohnt, die Leute so reden zu hören, hatte fast den Eindruck, gerade Radio France Culture eingeschaltet zu haben. Und dabei hörte ich das nie. Ich musste mir das erst so nach und nach in Normalsprache übersetzen, was er mir da alles erzählte. Ich hatte den Eindruck, es sei nur lauter Schwachsinn, doch ganz sicher war ich mir da noch nicht.

Das Problem mit diesen Leuten aus dem 5. Arrondissement, alle gut gekleidet, dicke Patte in der Tasche, aus gutem Hause, gut erzogen, sehr gebildet, mit einem guten Job usw., ist ganz einfach, dass sie die ganze Hoffnung, die man noch in die Menschheit setzt, zunichte machen. Wenn ich irgendwo an der Theke stehe und ein Mega-Loser mir totalen Quatsch erzählt, kann ich wenigstens noch so tun, als müsste man dem nur 'n Job verschaffen und dann würd der gleich ganz anders denken. Doch mit diesen Typen aus dem 5. Arrondissement, da ging auch diese letzte Illusion den Bach runter. Die hatten alles, was das Herz begehrt, und waren dennoch dumm wie Brot.

Wir befanden uns in einer Bar erster Klasse. Gedämpfte Stimmung. Die Kellner sehr diskret und trotzdem fix. Nie blieb ein Aschenbecher länger als zwei Minuten voll. Der absolute Kontrast zu Barbès. An diesem Ort war alles so zurechtgerückt worden, damit klar herüberkam: Den Rest der Welt gibt es gar nicht. Wir gehören zu dem Teil der Welt, wo alles nach wie vor seinen rechten Platz hat. Wir gehören zu dem Teil der Welt, wo aus dem Chaos Profit gezogen wird.

Als ich jung war, hätte ich mir nie träumen lassen, dass ich mich mal eines schönen Tages an einen solchen Ort hinhocken musste, an meinen Fluppen ziehen durfte, doch ansonsten meine Klappe zu halten hatte. Felsenfest hatte ich immer daran geglaubt, ich könne alt werden, ohne auch nur ein nasses Haar bei der ganzen Sache abzubekommen. Ich würde einfach nie etwas brauchen, und auf Kooperation, da sei ich schon mal gar nicht angewiesen. Doch dann zogen sich die Regenwolken ganz dick genau über unseren Köpfen zusammen, es galt, Untertänigkeit zu beweisen, sonst war man weg vom Fenster.

Ich brauchte gar nicht viel zu sagen, er quatschte die ganze Zeit lieber selbst. Sehr wahrscheinlich war ich für ihn eine der wenigen Personen, die er so an die Wand reden durfte. Er war mir nicht unangenehm. Er war vor allem total verwirrt. Das sah man gleich an seiner Kleidung: Wenn man schon so viel Kohle für Klamotten raushaute, dann sollte man sich doch auch was Stilvolles aussuchen. Doch bei dem, was er da anhatte, bekam man eher Mitleid. Er bedauerte, mir sagen zu müssen, dass sie durchaus auf der Suche nach Übersetzern seien, doch der Markt es einfach nicht zuließ, diese auch anständig zu bezahlen. Er persönlich fände das sehr schade, aber was könne er da schon gegen tun.

Natürlich konnte er dagegen was tun, doch leider, so wie fast allen seinen Kollegen auch, war ihm so sehr daran gelegen, immer pünktlich zu parieren, dass er darüber das Nachdenken vergaß. Noch so einer von der Sorte, der bereit wäre, alles zu tun, nur damit der Chef ihm die Hand schüttelt ... Es war kinderleicht, allein die Drohung, man würde ihn sonst entlassen – Ein Nichtsnutz? Weg damit! –, genügte. Das mit dem Ausschluss hatte bisher noch immer geklappt: Ausschluss aus den schönen Stadtvierteln, Ausschluss aus den Innenstädten, Ausschluss aus wirtschaftlichen Gründen, Ausschluss aus dem Hoheitsgebiet, Ausschluss vom Recht auf medizinische Versorgung, Ausschluss aus der Firma, Wohnungsausschluss, Bankausschluss, Ausschluss von der höheren Schule, Ausschluss von der Staatsbürgerschaft, Ausschluss von der Jugend. Die Misshandlung von Ausgeschlossenen war kein Zufall, sondern traf in der Gesellschaft auf spontane Unterstützung. Bei sehr vielen stieß sie auf unausgesprochene Akzeptanz, ging es bei ihr doch darum, die nicht Ausgeschlossenen im Zaum zu halten. All diese Leute hatten eine solche Heidenangst, abserviert zu werden, dass sie den Wünschen ihres Herrn und Meisters mit verzweifeltem Übereifer zuvorzukommen suchten. Es war noch nicht einmal nötig, sie zu überwachen, sich um sie zu kümmern, sie zu motivieren ...

Ich ging zu Fuß zurück nach Hause, recht entmutigt von dieser Begegnung. Immer wenn ich mich auf die Suche nach einem Job begab, wurde ich zutiefst melancholisch. Dabei bekam ich's für mich nie hundertprozentig klar, ob mich das nun so tierisch nervte, weil es wirklich allen Grund dazu gab, oder weil ich eben echt 'n Abhänger war und mich schon allein der Gedanke an Arbeit auf lange Zeit traurig stimmte.

Ich musste die Füße hochheben, um beim Gehen nicht über die Penner zu stolpern. Ich sah Frauen, die auf dem Bürgersteig saßen, die Hand ausstreckten und unverständliche Litaneien herunterleierten. Noch ein Stückchen weiter sah ich auch noch andere Frauen; diese jedoch standen und warteten auf Kundschaft.

Der ganze Weg, den ich zurückzulegen hatte, war von Werbeflächen übersät. Bei einem dreiviertelstündigen Fußmarsch bekam ich's sogar noch dicker ab als daheim vor meinem Fernseher, denn diese Art von Werbung ließ sich nicht wegzappen. Werbung für Dior. Eine Frau, die so schön war, dass es einem schon fast unheimlich wurde, war in einem Rahmen eingesperrt und zeigte ihren nackten Hintern. Schien nur darauf zu warten, dass man sie nahm, sie vergewaltigte, ihr die Seele aus dem Leib fickte. Als Werbung wurden die eigenen Töchter offen zur Schau gestellt. Korrekterweise hatten wir uns nämlich wie folgt zu verhalten: Allzeit bereit, allem und jedem auf den Leim zu gehen, sich an den Karren fahren zu lassen.

Ein kleiner Ausflug in die Reicheleuteviertel reichte da voll und ganz, um sich darüber ein für alle Mal Gewissheit zu verschaffen: Niemand hatte etwas von der ganzen Scheiße. Frauen, die aus Scham ihre Körper entstellten. Für seinen Körper empfand man Schuldgefühle. Nie war man schlank und jung genug, nie ausreichend gut gekleidet. Die Zeitschriften hingegen, immer sehr wohl wollend, zeigten sich sehr darüber besorgt, wie die Emanzipation der Frauen die Typen um ihre Männlichkeit brachte, sie total verunsicherte. Dabei jedoch wurde niemals darauf hingewiesen, dass diese Kastration in Wahrheit am Arbeitsplatz vollzogen wurde, auch wenn schon lange keiner mehr was davon hatte.

Ihre alte Welt war schon lange nicht mehr ganz wasserdicht. Das ganze Pack wusste, dass sein letztes Stündchen bald geschlagen hatte, und das Beste, was man da noch machen konnte, war halt, auf Chefpharao vor dem Untergang zu machen: Wenn das letzte Stündlein geschlagen hat, sollen alle Untertanen mit von der Partie sein. Sie hatten zwar die Geschichte neu geschrieben, doch ihr Gedächtnis war deshalb noch lange nicht müde: Mit der Arbeiterklasse hatten sie noch eine alte Rechnung offen. Schon einige Male hätten sie beinahe den Boden unter den Füßen verloren. Jetzt, wo die alte Ordnung endgültig den Bach runterging, warfen sie noch schnell über Bord, was nicht niet- und nagelfest war, nichts sollte der Nachwelt erhalten bleiben.

o o o

Sandra ließ immer Radios an, in allen Zimmern, und nie waren die auf die gleiche Frequenz eingestellt. Im Wohnzimmer hörte ich, wie Kinder sich über Hip-Hop-Zeitschriften aufregten, in der Küche sang jemand Laurent Voulzy nach, im Badezimmer machten Intellektuelle auf superschlau, es ging um ein stinklangweiliges Buch.

Sandra brachte mein Hirn wieder auf Vordermann, Abend für Abend. Eigentlich war sie so ’n bisschen wie ’ne Krankenschwester drauf.

Wir fickten immer noch nicht. Doch manchmal, da zog sie sich Sachen an, da wurde mir klar, dass sie im Grunde nichts dagegen hatte. Doch ich hatte da überhaupt keine Lust mehr zu. Vielleicht weil das von ihrer Seite so absolut eindeutig war. Vielleicht weil ich keine Lust hatte, dass sie erfuhr, dass ich nicht kam. Das hätte sie wahrscheinlich brennend interessiert. Sie hätte ihre Tarot-Karten hervorgekramt, ihre Pendel, ihr I-Ging und ein paar Psychologiebücher. Sie hätte mich mit Fragen bombardiert, mich vollständig traumatisiert.

Ich wartete eben ab, bis es wieder ging, ganz von alleine. Ich hatte den Eindruck, solange ich bloß mit niemandem drüber sprach, würd das schon wieder besser werden.

Und überhaupt, so schlecht war das doch eigentlich gar nicht: So konnte mir zumindest keiner so schnell wieder übel mitspielen.

Nicht umsonst war Sandra eine Tochter Evas: Immer musste sie dem Geheimnis auflauern, alles in Erfahrung bringen, alles verstehen. Sie glaubte, es sei durchaus möglich, sich von seinen Ängsten,

Schwachpunkten und mangelndem Selbstbewusstsein zu befreien, dazu musste man bloß reden, verstehen und sich ein wenig den Kopf zerbrechen. Ich hatte diesbezüglich meine Zweifel, aber dennoch genoss ich es, mir von ihr das Hirn abklopfen zu lassen, und zwar regelmäßig.

«Also, dein Vater, der ist auf und davon, als du gerade zwölf Jahre alt warst? Das ist ja superinteressant! Verstehst du, das ist dann, als ob du mit deiner Tochter da noch einmal neu ansetzen könntest. Als ob du die negativen Folgen noch einmal aufrollen und beseitigen könntest.»

Ich hörte ihr nicht immer unbedingt gut zu. Es gefiel mir, wenn man mit mir über mich sprach, das reichte mir schon. Und bei dem vielen Haschisch, das wir pausenlos rauchten, waren die erst gestern gesprochenen Worte sowieso schon am nächsten Tag nur noch Schall und Rauch.

«Aber was hindert dich denn am Schreiben? Was soll denn diese innere Blockade?»

«Das ist keine Blockade. Das ist normal. Es gibt total viele Autoren, die haben Jahre gebraucht, bis sie endlich ihr Buch schreiben konnten.»

«Du musst dringend was unternehmen. Wenn du dein Buch nicht schreibst, dann tu wenigstens irgendwas anderes. Ich will ruhig ganz offen sein, ich versteh mich gut mit dir, ich freu mich, dass du da bist ... Aber du willst dich doch wohl nicht dein ganzes Leben lang von Frauen aushalten lassen, oder doch?»

«Solange ich immer noch welche finde ...»

«Und wenn du keine mehr findest?»

«Hör auf, gemein zu mir zu sein, Sandra, verdammt ... Merkst du gar nicht, dass du's echt schaffst, mir voll die Angst einzujagen?»

Mit Sandra knüpfte ich endlich wieder einmal an ganz alte Zeiten an. Sie war ein reines Produkt der Punk-Rock-Aristokratie: nicht aus gutem Hause, knapp bei Kasse, sich von einem erbärmlichen Job zum nächsten hangelnd. Sie wohnte in den schmuddligsten Vierteln der Stadt, und sollte sie mit jemandem sprechen, der ihr nicht passte, kriegte sie einfach kein freundliches Lächeln auf die Reihe. Und Leute, die ihr nicht passten, davon gab's 'ne ganze Menge. Sie unterwarf sich einem strengen und umfangreichen Protokoll, ihr drehte sich der Magen um, wenn es hieß, etwas Einsehen zu zeigen, um ein wenig Geld herauszuleiern. Sie hatte diesen ganz besonderen Sinn für das Lächerliche, dazu die Würde eines alten Piraten, und ganz besonders am Herzen lag es ihr, immer aufrichtig zu sein. Die Freundschaft war ihr heilig, sie wollte ihr Wörtchen mitzureden haben und den Kopf oben tragen. Eine gekonnte Mischung aus japanischer Männlichkeit und waschechter Wikinger-Raffinesse. Es zählte zu ihren Angewohnheiten, jeden Vorschlag erst einmal zu boykottieren, danach aus der Perspektive des anderen zu betrachten und dann schließlich doch der ganzen Sache zumindest einen Spruch abzugewinnen.

Wir stritten uns oft über das Datum, an dem alles angefangen hatte, aus der Kontrolle zu geraten: der Fall der Mauer, die Erfindung der CD, der Tod von Kurt Cobain. Der Zweite Weltkrieg ... Über den Ursprung des Riesenchaos gingen unsere Meinungen auseinander.

∘ ∘ ∘

Irgendwann traute sich Alice sogar, mich zu fragen, ob ich Nancy nicht eine Woche lang zu mir nehmen könnte, in den Osterferien. «Kein Problem», erwiderte ich und lief schnurstracks nach Hause, um Sandra Bescheid zu sagen.

Schon ewig und drei Tage träumte Sandra davon, die Kleine endlich einmal wieder zu sehen und jumpte deshalb in die Luft, vor Begeisterung. Ich hingegen war sehr besorgt. Ich war daran gewöhnt, mich allein mit Nancy zu treffen, hatte etwas Panik, den besonderen Pakt zwischen ihr und mir dadurch vor die Hunde gehen zu lassen, der Situation nicht gewachsen zu sein.

Ich startete einen Rundgang durch die Wohnung und sah das alles plötzlich mit ganz anderen, skeptischen Augen: eine Statue von Hell Raiser auf einem elektrischen Stuhl. Ein eingerahmtes Bild von Richard Kern. Eine an einen Stuhl gefesselte Frau. Nebeneinander aufgereihte Bücher von Slocombe. Auf einem Regal auch noch andere Bücher, von Annie Sprinkle. Eine Sammlung «Kannibalen»-Videos. Stapel von Manga-Heften. Ein Foto an der Wand, ein Ausschnitt aus

Scarface, in dem Moment, wo er erschossen wird ... Was gestern noch so normal zu sein schien, war nun plötzlich sehr eigenartig.

Sandra kam ganz von alleine drauf, worüber ich mir wohl den Kopf zerbrach und fing an, ein paar von den Sachen im Schrank zu verstauen. Dann entschloss sie sich, ein wenig aufzuräumen und, wie das so häufig bei Frauen der Fall ist, artete das dann zum Schluss wahnsinnig aus ... Zur Krönung ihres Werks schrubbte sie sogar die Kacheln über dem Spülbecken mit einer zuvor in Desinfektionsmittel getauchten Zahnbürste ab, wollte die Zwischenfugen wieder blitzblank bekommen. Und dann kramte sie auch noch zum Reinigen der Waschmaschine die Wattestäbchen hervor ... Ich ließ sie gewähren, war nur noch baff. Dann rückte sie sogar selbst den Türknäufen und Lichtschaltern zuleibe. Wäre mir im Traum nicht eingefallen, die zu putzen.

○ ○ ○

Nancy war hellauf begeistert an dem Morgen, an dem ich sie abholen kam und sie eine ganze Woche ‹bei mir› verbringen sollte. Am U-Bahnhof Barbès nahm sie alle Visitenkärtchen entgegen, die da von den entsprechenden Typen verteilt wurden. Darauf wurden Kontaktadressen von afrikanischen Wunderheilern angeboten, würd sich normalerweise nie einer mit nach Hause nehmen. Einmal blieb sie sogar stehen und wollte sich mit einem großen Typen, der durchgeknallt aussah, anlegen. Schnell zog ich sie am Arm weiter, voller Panik. Es kam mir so vor, als würde ich eine Mini-Bombe mit mir herumtragen, die an der nächsten Kreuzung hochgehen könnte. Ich litt Höllenqualen bei der Vorstellung, sie zöge ganz allein durch die Stadt. Doch wie lange noch konnten wir sie einfach an die Leine nehmen?

Sie fand das Viertel wahnsinnig nett. Gewissen Jungs auf der Straße warf sie unruhige Blicke zu. Ich biss die Zähne zusammen, als ich sah, wie die Jungs ihren Blick erwiderten und ich darin lesen konnte, was sie von ihr hielten, was sie gern mit ihr angefangen hätten.

Ich begann von einer Welt voller Jünglinge zu träumen. Weit und breit nur sanfte, ruhige Typen, die nur Gedichte im Kopf hatten. Auf dass man mir mein Kind in Ruhe ließ.

«Ich würde gerne Röcke tragen, aber ich hab gar keine Schuhe, die man zum Rock anziehen kann. Willst du mir nicht ein paar Stiefel kaufen?»

«Gar nichts werd ich dir kaufen. So wie du bist, siehst du vollkommen o. k. aus.»

Sie unternahm einen kleinen Besichtigungsrundgang durch die Wohnung, zeigte sich begeistert, nervte nicht rum. Verstand sich gut mit Sandra, für meinen Geschmack etwas zu gut sogar. Sie verschwanden gleich im Schlafzimmer, Komplott unter Frauen halt. Doch dann kam Nancy wieder zum Vorschein, trug Schuhe mit hohem Absatz, einen viel zu kurzen Rock, war geschminkt, trug ein eng anliegendes T-Shirt … Ich spürte, wie meine Kiefer sich anspannten und musste mich echt schwer zusammennehmen, um Sandra nicht eine runterzuhauen. Die hingegen musste eher darüber lachen, wie ich dreinschaute:

«Was ist denn dir für eine Laus über die Leber gelaufen?»

Etwas leiser fügte sie dann noch hinzu, während Nancy vor dem Spiegel hin und her zappelte:

«Gib's schon zu, sie erinnert dich an Mädchen, die du mal gekannt hast und mit denen du dich nicht so korrekt verhalten hast, wie du das heute gerne hättest.»

«Warum ermutigst du sie noch, so was mit sich anzustellen?»

«Ich ermutige sie zu gar nix … Du hast eine Tochter, kapierst du, eine Tochter. Was willst du denn jetzt von mir hören?»

Als wolle sie mir endgültig den Appetit verderben, kramte Nancy *Moulin Rouge* aus ihrer Tasche und machte sich dran, uns etwas vorzutanzen.

Sie sah wirklich hinreißend aus. Mir gefiel das ganz und gar nicht.

«Voulez-vous coucher avec moi, ce soir?»

Sie wirbelte um ihre eigene Achse herum, strahlte über beide Wangen. Ich war wirklich traurig, sie nicht schon viel früher kennen gelernt zu haben.

○ ○ ○

Den Rest der Woche über ließ sie uns in Frieden, mit ihren betont weiblichen Outfits. Ganz im Gegenteil sah's sogar fast danach aus, als versuche sie wieder zurück in die Rolle des kleinen Mädchens zu flüchten, selbst wahnsinnig erschrocken über das, was sie da an jenem Abend entdeckt hatte. Sie feierte ihren Abschied von der Kindheit. Es war ihre letzte, unbeschwerte Woche.

Sie stand in aller Herrgottsfrühe auf, lief ins Wohnzimmer und legte *Buffy* ein. Ich war immer völlig fertig, wenn ich einen Ausschnitt davon mitbekam: Eine kleine Rothaarige im schwarzen Lackleder kniete auf einem gefesselten Typen. Sie tat so, als wolle sie ihn mit Streichhölzern in Brand setzen; ein Punk, nicht besonders helle, trank Jack Daniels, auf den Lippen einen Song von Sid Vicious; furchtbare Monster stellten der Heldin nach, was sie von ihr wollten, war auf jeden Fall doppeldeutig. Ich warf Nancy einen prüfenden Blick zu. Was von alldem mochte sie wohl verstehen? Es war wohl besser, wir gingen mal 'n bisschen raus vor die Tür.

Abends wurden Sandra und ich nervös: Wir hatten entschieden, vor ihren Augen kein Haschisch zu rauchen, und nach Einbruch der Nacht war es einfach nicht mehr auszuhalten. Wir fragten sie ununterbrochen: «Bist du sicher, dass du nicht müde bist?» Und kurz darauf: «Es ist aber schon ganz schön spät, du musst jetzt ins Bett.»

Ich hatte viel zu sehr Schiss vor Alices Reaktion. Ich malte mir aus, wie sie vorbeikäme, um Krach zu schlagen. Und dass sie das gut konnte, Krach zu schlagen, da war ich mir hundertprozentig sicher.

Und dann musste man ja auch mal ganz klar sehen, dass das nicht unbedingt so 'ne tolle Idee war, es als einen gemeinsamen Freizeitspaß anzusehen, wenn man sich zudröhnte. Um das zu kapieren, reicht es ja, bei klarem Verstand zu sein: Mit dreizehn, da wäre ich total verzweifelt gewesen, wenn ich es mir hätte mit ansehen müssen, wie meine Mutter an einem Joint zieht und sich albern kichernd vor die Glotze haut. Ich hätte mich dermaßen für sie geschämt, dass ich mich vor Ekel geschüttelt hätte.

Der Teenie, der ich selbst einmal gewesen war, musste im Umgang mit Nancy tagtäglich herbeizitiert werden.

Der fehlte mir übrigens sehr. Sein jugendlicher Übereifer, seine schnelle Auffassungsgabe in Bezug auf klare Sachverhalte, seine unbändige Lust, lauthals loszulachen … Etwas, erst gestern noch zum Greifen nahe, war nun fort. Ich wusste noch nicht einmal, wann das wohl passiert war, doch da stand ich plötzlich, war auf die andere Seite hinübergewechselt. Die Begeisterungsfähigkeit, von der ich angenommen hatte, sie für immer zu besitzen, war erloschen.

Am Donnerstag nahmen wir Nancy mit zu Freunden von Sandra, unter dem Vorwand, bei denen gäbe es auch noch andere Kinder.

Das Haus war groß, voll mit sehr netten Leuten, alle ein wenig farblos. Und überall rannten Kinder herum. Nancy gesellte sich zu denen, während wir uns mit den Erwachsenen langweilten. Ab und zu rannten die Kinder an uns vorbei, schrien dabei wie wild. Einer der anwesenden Väter stauchte sie zusammen, eine Mutter gab ihm ein Zeichen, er möge sich doch bitte wieder beruhigen. Ich war erleichtert, als ich sah, dass die andern Alten in etwa genau so unbeholfen waren wie ich auch. Ein Beweis dafür, dass das nicht alleine daran lag, dass ich Nancy erst so spät kennen gelernt hatte.

Die Blagen hatten sich alle in ein Arbeitszimmer hineingezwängt; es dauerte nicht lange, da waren sie im Internet. Paarweise kamen sie zu uns an den Tisch zurück, um bei uns ihren Frust abzulassen, denn sie waren sich natürlich nicht ganz einig, was sie mit einem einzigen Internetanschluss anfangen sollten. Dann gingen sie doch wieder spielen, dafür kamen dann andere an unseren Tisch, waren ebenfalls sauer, blieben zwei Minuten bei uns und gingen wieder.

Nancy hingegen schien sich bestens zu amüsieren, denn eine ganze Weile bekamen wir sie nicht zu Gesicht. Dann war auf einmal ein tierisches Geschrei zu hören, echt superlaut. Ein Junge kam zu uns herein, bedeckte seinen Kopf mit beiden Händen, war schon ganz rot angelaufen und heulte. Nancy trat gleich hinter ihm ins Zimmer, zerknirscht, mit gesenktem Kopf, schon allein bei dem Gedanken an die zu erwartende Strafpredigt extrem mies drauf.

Sie hatte ihn verdroschen. Ich hab nie erfahren, wieso eigentlich.

Der Kleine hatte wohl was gesagt, was ihr nicht gepasst hatte, und da hatte sie drauflos geschlagen. Alle Blicke richteten sich auf mich, vor Scham wurde ich knallrot im Gesicht. Es wunderte mich überhaupt nicht, dass meine Tochter bestimmt nicht einfach war, doch an die Rolle des richtenden Vaters hatte ich mich noch nicht gewöhnt.

Irgendjemand sagte: «Und so was dann auch noch von einem Mädchen», in sehr betrübtem Tonfall. Und statt die Kurze anzuschnauzen, drehte ich mich um, suchte nach dem Idioten, der das gesagt hatte, und ließ meine Wut an ihm aus:

«Was soll das heißen, von einem Mädchen? Hätte sich das dein Sohn erlaubt, wär das also weniger bescheuert?»

Sandra kam mir sogleich zu Hilfe:

«Was? Ich hör wohl nicht recht? Nur weil sie 'n Mädchen ist, soll sie sich ruhig beleidigen lassen und gar nicht darauf reagieren?»

In rührender Weise leisteten wir hervorragende Teamarbeit und versauten den Leuten den Nachmittag. Sobald wir damit fertig waren, gingen wir.

Im Taxi nach Hause versuchte ich so zu tun, als sei ich mit Nancys Verhalten nicht einverstanden. Aber dennoch stand es Sandra und mir klar ins Gesicht geschrieben: Wir fanden's eher tierisch lustig, dass sie dieses olle Blag vertrimmt hatte. Dem seine Visage passte uns eh nicht. Doch dann riss ich mich zusammen:

«Wie du den verdroschen hast, diesen Blödian, also, das war echt etwas übertrieben ... Ich mein, das ist schlecht und du weißt das auch, das ist nicht o. k. ... aber andererseits, also wie du auf den eingedroschen hast ...»

Es gelang mir einfach nicht, vor ihr zu verbergen, wie sehr ich auf ihrer Seite stand. Wie sehr ich ihre Wut teilte, ein Blag zu sein, das sich nicht wohl fühlt in seiner Haut und das überall aneckt.

Sie ist dann noch dem Taxifahrer auf den Sack gegangen, ob er nicht auf Skyrock stellen könnte, und höchst zufrieden mit uns selbst fuhren wir nach Hause. Halt voll die Asi-Familie.

Noch am gleichen Abend, Nancy war ins Bett gegangen und wir drehten uns einen Mega-Joint, zum Ausgleich für all die, die wir tagsüber nicht hatten rauchen können, legte Sandra ihren Kopf auf meine Schulter, ohne dabei den Blick vom Fernseher zu wenden:

«Ich find dich echt gut als Papa, ganz im Ernst, du machst das ausgezeichnet, ist dir das eigentlich klar?»

Ich freute mich über das Kompliment. Endlich einmal konnte ich ein Kompliment annehmen, ohne dabei das Gefühl zu haben, alle hinters Licht zu führen. Die Papa-Rolle spielte ich wirklich gern. Vielleicht stimmte es ja, dass ich dafür begabt war.

An diesem Abend hätte ich Sandra meinen Arm um die Schulter legen und küssen sollen. Ich hätte mich so den Dingen fügen sollen, wie sie sich nun eben ergaben. Doch ich hielt mich zurück. So als hätte ich noch mein ganzes Leben vor mir.

° ° °

Gegen Ende dieser ersten Woche packte Nancy plötzlich ihre Puppen und die ganze Klein-Mädchen-Musik zusammen und sattelte um auf Heavymetal, während wir absolut nicht kapierten, was denn da auf einmal in sie gefahren war. Der große Bruder einer Freundin von ihr hatte den beiden Kurzen von Watcha erzählt, und sie stieß schließlich auf diese CD in Sandras Plattensammlung. «Ist die gut?», fragte sie uns. «Nee, total scheiße», antworteten wir, und also fand sie die Scheibe oberaffengeil, ohne zumindest einmal reingehört zu haben.

Sie rief bei ihrer Freundin mit dem großen Bruder an:

«Könntest du nicht mal eben deinen Bruder fragen, ob er 'ne Gruppe kennt, die Pleymo heißt?»

Sie wartete, bis das Mädel wieder zurück am Apparat war, hielt den Kopfhörer gegen die Schulter geklemmt, quasselte ein bisschen mit uns und unterbrach sich plötzlich mitten im Satz:

«Ja? Dann sag ihm, ich hätt die Platte … Ja, find ich echt super.»

Dabei betrachtete sie sich im Spiegel, übte sich in betont weiblicher Körperhaltung. Bei dem Anblick hätte ich mich am liebsten aufs Bett gelegt, um schnell für immer einzuschlafen.

Nancy hörte Watcha und Pleymo, beide Scheiben abwechselnd, ständig auf Repeat gedrückt. Sie hatte tierisch laut aufgedreht, wie ein

Teenie das halt so macht und sprang durch unsere gesamte Wohnung. Wie so eine Art durchgeknalltes Funkenmariechen.

Wie so viele alte Kämpfer hatten auch Sandra und ich so unsere Schwierigkeiten mit der Musik der jungen Leute. Für uns standen die allesamt unter Verdacht, so wie wir früher für die Generation vor uns, dass die wohl nervlich etwas kaputt sein müssten, alles kleine Hohlköpfe waren, die einfach nicht wüssten, auf was es ankäme und halt eben noch nicht dabei gewesen waren, als die «wirklich wichtigen Dinge» stattgefunden hatten, was übersetzt hieß, als es an uns war, noch keine zwanzig zu sein.

Nancys Metalbands, das war für uns noch schlimmer als die Britney. So kam's, dass Sandra plötzlich meinte:

«Du machst uns total fertig, mit deinem Herumgehüpfe von morgens bis abends … Wir nehmen dich mit zu den Kickbacks.»

Sofort stellte ich mich kerzengerade hin, war außer mir, doch Sandra beruhigte mich:

«Ist nur 'n Showcase, im ‹Boule Noire›.»

Also gut, wenn da echt nur Journalisten und geladene, genau abgezählte Gäste waren, dann würd die Stimmung wahrscheinlich so wie bei einem Jazz-Konzert sein, nur halt ein wenig lauter. Konnte man also durchaus ins Auge fassen. Prompt wurd's auch bitternötig, es tatsächlich ins Auge zu fassen, denn das hätte man mal sehen müssen, wie Nancy sich buchstäblich gegen die Wände schmiss, bei dem Gedanken, man würde sie zu einem Konzert mitnehmen.

«Warst du noch nie im Konzert?»

«Als ich noch ganz klein war, da hab ich mal Hélène gesehen. Und dann auch noch die Spice Girls, Janet Jackson und MC Solar.»

«Gut, o. k. Wir nehmen sie mit zu den Kickbacks.»

Ich brauchte mir nur die Schlange vor der Kasse anzuschauen, da geriet ich schon in Panik. Nancy hingegen wiederholte immer nur:

«Das ist der schönste Tag in meinem Leben. Ich weiß gar nicht, wie ich euch das danken soll.»

Beim Sprechen bekam sie verblendete Eichhörnchenaugen, im Zustand der totalen Verzückung … Wuchtige Zweimeterkerle standen dort Schlange, bis hinter die Ohren tätowiert, die Gesichter mit Piercings übersät. Alle trugen sie verbeulte Jeans, die ihnen fast bis zu den Arschbacken runterhingen. Ich zog Sandra am Arm, wurde leicht aggressiv:

«Das soll also 'n Showcase sein?»

«Ja, weiß ich jetzt auch nicht ... Vielleicht sind ja die Metal-Journalisten etwas wilder drauf als die anderen?»

Ich hatte Angst, Nancy würde uns ausbüxen und sich mit allen möglichen Leuten unterhalten. Doch sie blieb ganz dicht bei mir, war ruhig und hatte große, weit aufgerissene Augen. Es war nicht besonders schwierig sich vorzustellen, dass sie sich im Laufe des Abends schon einmal die Version zurechtlegen würde, die sie in der Schule von dem Abend erzählen könnte, weshalb sie rechts und links nach kleinen Details Ausschau hielt, um ihre Schilderung besonders authentisch werden zu lassen.

Das Konzert fing an. Ich wollte ganz bewusst alles schlecht finden, wie jedes Mal, wenn ich wieder einmal zu einem Gitarrenkonzert ging. Ich war stets bereit, alles zu kritisieren und denjenigen, die sich bestens amüsierten, sehr zurückhaltend zuzusehen. Dabei wusste ich aus eigener Erfahrung, dass es vom Schicksal so eingerichtet war, dass derjenige, der sich gehen ließ und Spaß hatte, am Ende als der Vernünftigere dastand.

Ich setzte Nancy auf den Tresen, ganz hinten im Saal. Sie strahlte über beide Backen, schlug ihre Hände über den Knien zusammen, setzte sich ganz aufrecht und war fasziniert, so viel Lärm zu hören.

Ich gab ihr ein Zeichen, sie solle da sitzen bleiben, dachte mir, Sandra würde sowieso neben ihr stehen bleiben und ging mal bis vorne vor, um zu sehen, was sich da so im Moshgraben tat. In erster Linie wollte ich natürlich 'n bisschen was zu lästern haben, die Knaben alle furchtbar pathetisch finden, auf ihre Kosten ein paar gute Sprüche klopfen.

Doch die hatten's drauf, musste ich echt zugeben, sobald ich näher dran war. Und ein bisschen freute ich mich dann sogar, dass es bestimmte Dinge also doch noch gab. Zugleich tat's mir dann auch ein bisschen weh, denn mein Platz war ja nicht mehr auf der Bühne.

Warum nur waren die Dinge erst so witzig und packend, wenn sie sich am Ende doch wieder nur als mickrig und schmalspurig herausstellten und dann eh nur noch ein fader Nachgeschmack blieb?

Auf dem Vorplatz zur Bühne patrouillierten Typen, ganz in Ekstase. Sie verteilten Fausthiebe, in die Luft oder an ihren Nachbarn; sie traten um sich, entweder ins Leere oder auch mal mitten in ein Gesicht. Wut und Austoberei. Angespannte, konzentrierte, verzückte Gesichter.

Ich drückte mich gegen die Wand, achtete darauf, ihnen bloß nicht zu nahe zu kommen. Ich sah mir das nur aus der Ferne an, war sehr nachdenklich und amüsiert.

Als ich plötzlich Nancy mitten in diesem Gemetzel sah, brauchte ich ein paar Sekunden, bis ich sie erkannte und in der Lage war zu reagieren. Es dauerte dann noch ein paar Sekunden mehr, bis ich mich mitten in dieser brutalen Schlacht bis zu ihr durchgekämpft hatte. Sobald ich sie mit der Hand zu fassen bekommen hatte, begannen die Mosher zu kapieren, dass sich da nicht nur einfach ein Mädchen, sondern dazu noch ein ganz kleines Mädchen zwischen sie geschmuggelt hatte. Und bei dem Unterfangen, sie wieder zurück an den Rand zu bringen, waren sie mir echt eine große Hilfe. Wahrscheinlich hatten sie keinen Bock darauf, dass ihr Konzert am Ende womöglich noch einem Kindergarten glich.

Sobald wir wieder am Rand waren, warf Nancy mir einen strahlenden Blick zu, hängte sich an meinen Hals, sodass ich mich automatisch nach vorne beugen musste, um zu verstehen, was sie mir sagen wollte. Sie schrie:

«Ich bin voll durchgeschwitzt!»

Als hätte man das nicht auch so gesehen: Der Schweiß tropfte nur so an ihr herunter, die Haare klebten ihr rund um das krebsrote Gesicht. Sie schrie weiter:

«Das ist echt der schönste Tag in meinem Leben.»

Dann hüpfte sie wieder auf der Stelle. Das sollte in etwa darstellen, was da weiter vorne getanzt wurde.

Ich traute mich nicht, ihr das Headbanging zu verbieten. Meinen eigenen Kopf drehte ich nur mal eben dreißig Sekunden lang zur Bühne, um mir die Gruppe anzusehen, da war Nancy auch schon wieder weg, erneut im Graben drin. Ich sah sie mitten zwischen den

Kerlen herumzappeln und blieb wie angewurzelt stehen. Sie schreckte vor nix zurück, das sah man sofort. Sie hatte keinerlei Schwierigkeiten, eins zu werden mit der Menge. Deshalb brachten sie Nancy auch nicht auf der Stelle zwangsweise zu mir zurück. Sie ließ ihre ganze Wut raus. Ihr Gesicht verkrampfte sich von selbst. Sie schlug mit all ihrer Kraft um sich. Sie war halt eine von den Meinigen. Eigentlich war mir nicht bekannt, dass die Neigung zur Wut genauso wie die Augenfarbe vererbt wird.

Ich zerrte sie zurück in den hinteren Teil des Konzertsaals. Wir trafen Sandra bei einem Glas Bier wieder. Sie unterhielt sich schreiend mit dem großen, tätowierten Typen. Der, der so tierisch dumm aussah, der, mit dem sie schon bei der Party zusammen gewesen war.

Als wir wieder draußen waren, jauchzte Nancy. Ich setzte an, ihr zu erklären:

«Bei so einem Konzert darfst du nicht nach vorne. Das ist zu brutal.»

«Es hat mir nicht wehgetan und ich hatte überhaupt keine Angst. Vergiss nicht, dass ich doch wie Buffy bin. Das war echt megastark, vorne dabei zu sein!»

Ihr Blick war vollkommen verklärt. Wahrscheinlich überlegte sie sich, was sie denen in der Schule erzählen würde … Was für geniale Aussichten, dermaßen tierisch angeben zu können.

Ich ließ nicht locker, war eben unzufrieden:

«Nein, bei so einem Konzert nach vorne zu gehen ist viel zu gefährlich. Auch wenn wir nicht dabei sein sollten, das machst du nicht noch einmal. Haben wir uns da verstanden?»

Sie nahm mich nicht ernst. Was sie da soeben entdeckt hatte, war viel zu wichtig. Das müsste ich doch wohl verstehen, dass sie da unbedingt wieder hinmüsste. Sie war bester Dinge und fragte mich:

«Weil ich zu klein bin?»

«Nein, weil du ein Mädchen bist. Verdammte Scheiße, du hast im Graben nichts zu suchen.»

Genauso gut hätte ich ihr eine Ohrfeige geben können. Sie blieb stehen, sah mich an, war echt am Boden zerstört. Mir blieb nur, so zu tun, als bemerkte ich Sandras Killerblick gar nicht. Nancy stand da plötzlich wie ein Häufchen Elend vor mir, sodass ich laut aufseufzte:

«Wie dem auch sei, beim nächsten Mal werd ich ja eh nicht dabei sein und dich kontrollieren können.»

Woher sollte ich denn wissen, was man einem kleinen Mädchen sagen darf und was nicht?

° ° °

Am Ende der Woche, als ich Nancy zurück zu ihrer Mutter brachte, war ich in meinem Urteil etwas weniger hart: Die Woche war prima gewesen, doch o. k., ich gebe zu, ein Blag im Haus zu haben bedeutet verdammt viel Stress. Der Gedanke, dass Alice der Situation halt nicht immer hundertprozentig gewachsen war und sich manchmal auch 'n bisschen wegen Nancy wie in eine Falle geraten fühlte und deshalb blockierte, begann mir einzuleuchten. Alice gab bestimmt ihr Bestes, das wurde mir endlich klar.

Sie erschien mir total erschöpft und das, obwohl sie gerade aus dem Urlaub nach Hause kam. Ausnahmsweise war ich einmal echt richtig liebenswürdig zu ihr:

«Wenn du irgendwie Hilfe brauchst, also gerne auch unter der Woche, meld dich einfach ...»

Doch diese Seite an mir kannte sie natürlich gar nicht und schickte mich zum Teufel:

«Jetzt übertreib's aber mal nicht.»

° ° °

Bis zum Sommer in etwa ging das alles so weiter ... Mittwochs war immer Nancys Tag, und die interessierte sich übrigens immer mehr für Heavymetal. Alice warf mir das vor, sie sagte: «Das macht sie alles nur, um dir zu gefallen.» Meiner Ansicht nach war das genau der richtige Grund, endlich anzufangen, die richtige Musik zu hören.

Nancy hatte ganz von alleine wieder damit aufgehört, sich wie ein Flittchen anzuziehen, worüber ich wahnsinnig erleichtert war.

Ich hatte es geschafft, zwei Übersetzungen abzugeben, sogar innerhalb der Frist, und konnte Sandra ein bisschen Geld geben ...

Die Erinnerung an Catherine verwischte sich immer mehr, allerhöchstens ab und zu noch einmal ein kurzer, stechender Schmerz, wenn ich die Gedanken an sie aus Versehen zu lebendig werden ließ.

Es gelang mir, die Bäckerin aufzureißen, doch ich kam immer noch nicht. Aber auch sie erwies sich als wahnsinnig erfinderisch, um mir da ein wenig nachzuhelfen. Ich fing an, mir zu überlegen, ob das nicht wohl sogar eine ganz gute Masche sei ...

Recht unspektakulär plätscherte das also alles so vor sich hin, ungefähr bis zum Sommer. Ab da geriet dann plötzlich alles außer Kontrolle.

Dritter Teil

Auf einem fliehenden Teppich

«Wäre es von dieser an den Strand geschwemmten Sorte Fisch – der Rasse Mensch – zu viel verlangt, das Unvorstellbare in Erwägung zu ziehen, zum Wohl der Evolution?»

William Burroughs

Ich war bei Alice, es war Anfang September, ich wartete auf Nancy.

Ich lag auf dem Rücken, hatte die Füße auf die Armlehne übereinander geschlagen und überwachte durch die Balkontüre hindurch den Eiffelturm. Klar und aufrecht zeichnete sich der Turm gegen den grauen, von rosa Streifen durchzogenen Himmel ab. Ich griff in das Paket mit den kleinen, durchscheinenden Gummibärchen und pickte mir ein gelbes und ein rotes heraus. Die beiden unterschiedlichen, chemischen Geschmacksnoten passten sehr gut zueinander.

Ich hörte, wie im Flur die Aufzugstür zufiel, dann drehte sich ein Schlüssel im Türschloss. Vertraute Geräusche, die mich beruhigten. Ich warf einen Blick auf die Uhr, Nancy hatte unterwegs nicht getrödelt. Ich verharrte in meiner Stellung und fragte sie:

«Na, meine Große, wie war dein Tag?»

Sie ließ ihren Tornister auf den Boden und den Mantel aufs Sofa fallen. Dann lümmelte sie sich in den roten Sessel, genau hinter mich, da, wo sonst immer die Psychotante saß, schaltete den Fernseher ein und seufzte:

«Mann, was würd ich drum geben, andere Eltern zu haben.»

«Das ist ja mal wieder eine ganz reizende Bemerkung von dir. Was war das noch gleich, unsere jüngste Misshandlung?»

«Ich hab echt Pech. Das ist absolut ungerecht.»

Ihre Stimme klang eintönig, sie begann wieder zu seufzen. Ich wartete, hoffte, wenigstens in ihrem Kopf sei da noch ein bisschen mehr los. Dann renkte ich mir fast den Nacken aus, da ich mich unbedingt umdrehen wollte, um sie mir mal etwas mehr aus der Nähe anzuschauen. Nichts zu machen. Sie blickte definitiv absolut finster drein. Brauchte man erst gar nicht groß drauf zu warten, dass sich das wieder ganz von alleine einrenken würde.

Sie warf mir einen prüfenden Blick zu und runzelte die Stirn:

«Du hast der Mama Haschisch geklaut.»

«Ad eins: Ich klaue nicht; ad zwei: Deine Mutter hat kein Haschisch; ad drei: Bist du's denn immer noch nicht leid, hier so 'n Terz zu machen?»

Nancy stand auf und behauptete mit fester Stimme:

«Natürlich hast du gekifft. In der Schule, wenn da gekifft wird, da sehen bei denen die Augen genauso aus wie bei dir.»

Ich blieb bei meinem scherzenden Tonfall, wer weiß, ob das nicht doch noch auf sie Einfluss haben würde:

«Geht dir dein Theater noch immer nicht selbst auf den Senkel?»

Doch sie biss nicht an, presste stattdessen zwischen den Zähnen hervor:

«Nun hört doch endlich auf, mich für ein verdammtes Blag zu halten und ständig hinter meinem Rücken Mist zu bauen. Ihr geht mir damit tierisch auf den Geist.»

Sie war in die Pubertät gekommen, gnadenlos, irgendwann im Sommer war das passiert. Und zwar innerhalb eines einzigen Abends. Plötzlich hatte sie die Schnauze voll gehabt, wir alle wären doof, und so könnte das nicht mehr weitergehen. Den Zeitpunkt dazu hatte sie sehr schlecht gewählt: Ihre Mutter war gerade von ihrem Freund sitzen gelassen worden und sogleich in eine Depression verfallen. Deshalb kam ich jetzt öfters als früher auf Nancy aufpassen, vor allem abends. Das Duo Mutter kurz vorm Selbstmord – Tochter am Rande des Nervenzusammenbruchs durfte ruhig ein wenig von meiner schwachsinnigen Gutmütigkeit profitieren.

Ich folgte Nancy in die Küche. In rekordverdächtiger Geschwindigkeit hatte sie sich Schokoladenmousse, mehrere Tafeln Galak-Schokolade, Himbeerwaffeln, kleine Nusskuchen und eine Packung Bounty rausgeholt und aufeinander gestapelt. In Sachen Nahrungsmittel war mir Alices Politik ein wenig schleierhaft: Warum wurde das ganze Zeugs ständig in Riesenmengen eingekauft, obwohl die Kleine viel zu viel aß? Ich verkniff es mir, Alice auf das Thema anzusprechen, so wie übrigens auf alle anderen Themen auch. Es war einfach nicht der richtige Moment, ihr Stress zu machen.

Alice hatte sich über den Sommer total verändert. Mit einem Mal hatte sie bestimmt zehn Jahre mehr auf dem Buckel. Ihr Gesicht wirkte wie in sich zusammengesackt, so als hätte sich die Zeit deutlich sichtbar darauf gelegt. Ganz am Anfang, als ich von Nancy erfuhr, dass Alices Freund mit so einem jungen Ding aus seinem Büro durchgebrannt war, fand ich das ja mal eher komisch. Doch als ich dann mitbekam, was für eine Wirkung das auf Alice hatte, da ist mir das Lachen vergangen. Ich hatte immer schon eine Schwäche für Leute gehabt, denen es schlecht ging. Denn die befanden sich dann genau mit mir auf einer Ebene. Doch Alice reagierte so was von allergisch auf mich, dass es schon fast heldenhaft von mir war, mich dennoch cool zu ihr verhalten zu wollen. Sandra behauptete, so schlimm sei sie gar nicht, wie ich das immer behaupten würde. Das läge nur an mir, weil ich eben ein Problem mit «der Mutter» hätte. Das hieß so viel wie, da meine Mutter mich ja bekanntlich nicht liebte, ließ ich an der Mutter von Nancy meine ganze Feindseligkeit aus. Wenn Sandra mir diese Art von Dingen erzählte, erstarrte ich fast zur Salzsäule, machte mir Sorgen um sie und schämte mich ihretwegen. Dummes mystisches Psychogeschwätz oder nicht, immer wenn ich zu Alice etwas Nettes sagen wollte, bekam ich voll die Ladung ab, und ob das nun mein oder ihr Problem war, jedenfalls blieben wir beide lieber immer etwas auf Distanz. Meiner Ansicht nach bestand unser Problem ganz einfach darin, dass wir wahrscheinlich niemals auch nur ein Wort miteinander gewechselt hätten, wenn uns die Umstände nicht dazu gezwungen hätten.

Nancy hatte ihre total verärgerte Miene aufgesetzt, die sie immer dann zum Einsatz brachte, wenn etwas sie tierisch nervte. Sie stopfte sich das Süßzeugs ins Maul, legte die Stirn in Falten. Verbissen. Ich stellte mich hinter sie und legte ihr die Hand auf die Schultern, rechnete fest damit, von ihr abgewiesen zu werden: So machte sie das zurzeit mit allen. Doch ich wurde nicht abgewiesen. Ich durfte mich neben sie setzen und sie zu mir rüberziehen. Daraus schloss ich, es musste sich wohl um einen ernsthaften Kummer handeln. Sie legte mir ihre Arme um den Hals, kuschelte sich an mich und weinte. Ich war leicht aus der Fassung: Noch nie hatte ich sie weinen sehen. Bevor ich ihr auch nur irgendeine Frage stellte, versuchte ich, sie ganz in meine Arme zu schließen, streichelte ihr übers Haar und murmelte vor mich hin:

«Es ist gut, dass du weinst. Wein ruhig alles aus dir heraus, so ist's gut …»

Ich bemerkte, dass sie dabei war, mir auf meinen beigefarbenen Pulli Schokolade zu sabbern. Da ich ja nun einmal von Natur her ein Schwachkopf bin, musste ich darüber lachen.

Sofort zog sie ihre Arme wieder zurück, richtete sich auf und schob eine nach vorn gefallene Haarsträhne hinters Ohr. Ich sagte zu ihr:

«Du bist schön, so wie du jetzt gerade dastehst, mit deinen glänzenden Augen. Du bist wunderschön, meine Große, ich hoffe, du weißt das.»

Sie konnte es sich nicht verkneifen, sich schnell mal ein wenig vorzubeugen, um durch einen kurzen Blick in das Guckfenster des Ofens ihr Aussehen zu überprüfen.

Ich stand auf, riss ein Stück Papier von der Küchenrolle ab, damit sie sich die Augen abwischte. Sie hatte sich wieder gefangen, war eher wütend als traurig. Ich packte die von ihr aufgerissenen Kekspackungen wieder zusammen, und zwar mit einer Geschicklichkeit, über die ich mich selbst wunderte.

«Nimm dir jetzt für zwischendurch einen Apfel, wir essen früh zu Abend.»

Ich erntete wütende Blicke von ihr und musste lachen:

«Ja, jetzt aber. So als ob ich das wär, der jedes Mal heult, wenn wir schon wieder eine neue Hose für dich kaufen müssen … Für mich bist du perfekt, so wie du bist.»

Ich überhäufte sie mit Komplimenten, in einem fort. Sandra war's, die mir erklärt hatte, in ihrem Alter bräuchte sie das. Immer nur Komplimente, die ganze Zeit. So wie eine Blume die ganze Zeit nach Wasser lechzt, brauchte sie halt Zuspruch.

Nancy schnaubte wütend, griff nach einem Apfel, als sei's eine zu zündende Handgranate und biss hinein … Ich fasste sie bei der Hand und zog sie neben mich aufs Sofa:

«Nun raus mit der Sprache, was ist los?»

Sogleich wurden ihre Augen wieder trüb, ich rieb ihr den Rücken und machte mir Sorgen, war wie immer kurz davor, mich schuldig zu fühlen:

«Hast du wirklich geglaubt, ich hätte gekifft und das hat dich so traurig gemacht?»

Eigensinnig, doch null aus der Fassung gebracht, blaffte sie:

«Wenn du 'n Shoot genommen hast, hast du eben 'n Shoot genommen. Aber deshalb werd ich doch nicht losheulen.»

«Und auch wenn es so wär, man sagt nicht ‹Shoot› für jemanden, der 'n Joint geraucht hat.»

«Damals, zu deiner Zeit, weiß ich nicht … Aber heute sagt man das jedenfalls so.»

Da musste ich aber doch kurz loslachen, ging mir jedes Mal so, wenn sie zu mir sprach wie ich damals zu meinen Eltern. Sie versuchte, noch 'ne Weile weiter auf schlecht drauf zu machen, konnte sich aber ein Lächeln nicht verkneifen. Bei so viel Dummheit musste sie sich einfach geschlagen geben. Sie setzte sich auf meinen Schoß, keine Einwände duldend. Dafür war sie inzwischen wirklich schon etwas zu alt, aber dennoch überkam es sie regelmäßig.

«Also, ehrlich gesagt liegt das jetzt nicht nur einfach daran, dass ihr meine Eltern seid.»

«Und woher kommen nun auf einmal all diese Gedanken?»

«Die Eltern von Odile haben sie nach Schulschluss abgeholt. Und weil das auf dem Weg lag, haben sie mich bis hierher mitgenommen, und …»

Sie biss sich auf die Lippen, um nicht schon wieder zu heulen anzufangen.

«Pass auf, aus deiner Nase läuft Rotz. Also weiter, was ist mit den Eltern von Odile? Die sind echt megacool, haben nur im Kopf, dass Odile jeden Abend in die Disco geht und Typen mit nach Hause schleppt. Und dann zahlen sie ihr auch total viele harte Drogen und sind radikal gegen Mathematik an öffentlichen Schulen?»

Sie wippte leicht vor und zurück, imitierte mit gelungener Genauigkeit, was für eine Körperhaltung sie einnehmen würde, wenn sie total verrückt wäre. Dabei schüttelte sie schweigend den Kopf. Also setzte ich noch eins drauf, solange die Inspiration nicht abriss:

«Und wenn ein Lehrer es wagt, Odile zu kritisieren, dann marschieren ihre Eltern sofort zum Lehrerzimmer und greifen den Übeltäter mit der Brechstange an. Und wenn sie in Urlaub fahren, dann ist Lil Bow Wow jedes Mal mit von der Partie, stimmt's …?»

Saublöd profitierte ich davon, dass sie erst dreizehn war, und riss deshalb schlechte Witze, natürlich war mir das auch klar. Ich hätte das Spielchen noch den ganzen Abend fortsetzen können, freie Impro zum Thema: «Die Eltern von Odile sind Ois.» Doch Nancy unterbrach mich schon vorher, mit ruhiger, klarer und leiser Stimme, dabei starr vor sich hinblickend:

«Odile bekommt eine kleine Schwester. Sie scheinen sich da alle tierisch drauf zu freuen. Die lieben sich, sieht man sofort. Die sind eine ganz normale Familie. Ich bin nicht einfach nur traurig, weil ich nicht hab, was sie hat.»

Damit hatte ich nun gar nicht gerechnet. Ich dachte, sie zog bloß ihre übliche Show ab, weil sie irgendwo nur zwei von zwanzig Punkten erreicht hatte. Oder weil ein Junge ihr seine Jacke nicht hatte leihen wollen, oder was weiß ich … Doch was sie da jetzt gerade gesagt hatte, das traf mich wie ein kalter, langer Säbel genau an der wunden Stelle, und um Haaresbreite wäre ich tot in die Knie gesunken. Ich rieb ihr den Rücken, fand keine Worte:

«Es tut mir Leid, Nancy, wirklich …»

«Wie, es tut dir Leid?»

Sie stand auf, schäumte vor Wut. So richtig wie eine kleine Erwachsene. Diese Person, die da vor mir stand und außer sich war vor Wut, würde ihr ganzes Leben lang genau so dastehen. Sie schaute zum Himmel:

«Es tut dir also Leid? Ja, das soll's auch. Meine Mutter zieht voll die Fresse, weil sie nun bald vierzig ist und immer noch keine richtige Beziehung hatte. Abends nimmt sie ein Messer und macht sich kleine Schnitte ins Handgelenk, als ob man sich so in ihrem Alter benimmt. Wusstest du das? Ihre neueste Nummer ist jetzt, sich abends eine Flasche Whisky reinzuziehen, und nachts muss ich dann noch einmal aufstehen und ihr beim Kotzen behilflich sein und sie heult nur rum, und hast du dir mal angesehen, wie sie aussieht? Nach nichts sieht sie aus, absolut nach nichts … Ich habe eine nervige und voll desorientierte Mutter. Höchstens in 'ner Soap könnte man darüber lachen. Und du, ich find dich wirklich nett, weißt du, aber du hast noch nicht mal 'ne Wohnung, geschweige eine Arbeit oder wenigstens 'ne Freundin … Dein Buch, das wirst du nie schreiben, denn du bist 'ne alte Niete und man darf echt höchstens zehn sein, wenn man dich lustig und klasse finden soll. Was soll denn schon aus mir werden, so zwischen euch beiden? Hm? Auch eine verdammte Loserin? Eben eine mehr? Das ist ungerecht.»

Sie schlug mit der Tür und sperrte sich in ihrem Zimmer ein.

Ich blieb stehen und krallte mich mit den Fingern am Küchentisch fest. Ich hatte Lust, zu ihr zu gehen und ihr eine ordentliche Tracht Prügel zu versetzen. Ich hatte Lust, zu ihr zu gehen und mit all meiner Kraft auf sie einzuschlagen. Doch natürlich kapierte ich, dass uns das auch nicht viel weiterhelfen würde. Dass sie ja sogar Recht hatte. Dass es jetzt wirklich kompliziert wurde. Und wie immer, wenn's kompliziert wurde, hatte ich nur diese eine Lust: Alles so schnell wie möglich in den Sand zu setzen und zu verduften.

Ich hörte, wie sie – vermutlich auf dem Bett liegend – weinte. Ich war mir nicht mehr so ganz sicher, ob ich sauer auf sie war, sie verachtete, Mitleid mit ihr hatte oder ob's mir halt eben am Arsch vorbeiging …

Ich begann die Spülmaschine auszuräumen.

° ° °

Sandra duldete keine Widerrede:

«Du musst ihr Halt geben. Für sie ist es so, als wenn sie auf einem Seil von der einen auf die andere Seite hinüberbalancieren müsste. Du musst ihr dabei Halt geben. Das ist das Einzige, was du für sie tun kannst. Du hast gut reagiert. Wenn's gar nicht anders geht, hältst du eben deine Klappe, beruhigst dich, und dann gibst du ihr einen Kuss. Hast du das gemacht, letztendlich?»

Sie ordnete ihre Unterlagen, Fluppe im Maul, die Augen zu Schlitzen zusammengekniffen. Sie errichtete einen Stapel auf dem Stuhl, einen auf dem Schreibtisch und dann noch einen auf dem Boden. Es waren alles Unterlagen, die sie zerreißen wollte, um sie dann wegzuschmeißen.

«Also, nach 'ner Weile, ja, da hatte ich Mitleid mit ihr, bin hingegangen und hab sie getröstet.»

«Und dann?»

«Dann haben wir *Buffy* geguckt und System of a Dawn gehört. Dann kam Alice nach Hause. Also, eine solche Veränderung, das müsstest du dir echt einmal ansehen … Verdammt, mir war nicht klar, dass sie so sehr an diesem Typen hing. Das ist überhaupt nicht mehr die gleiche Frau. Das einzig Positive bei der ganzen Sache ist, sie tut mir jetzt dermaßen Leid, ich denk da überhaupt nicht mehr dran, sie zu ficken.»

«Also gut, o. k., du hast deine Sache gut gemacht. Mach dir mal keinen Kopf, das ist jetzt nur so eine Scheißphase. Das geht wieder vorbei. Ist ganz normal, dass Nancy Anfälle bekommt, hängt alles mit den Hormonen zusammen. Und dann muss man ja auch zugeben, dass sie echt allen Grund hat, wütend zu sein.»

«Hast du gesehen? Die zeigen heute Abend im Kabelfernsehen mal wieder *The Killer*. Wie wär's, wenn wir uns Nudeln kochen und uns das ansehen?»

Sie zerriss drei Blätter mit einer einzigen, schroffen Geste, schluckte ihre Spucke runter und wich meinem Blick aus:

«Heute Abend, da bin ich nicht da.»

«Gehst du schon wieder zu diesem Typen?»

«Schon wieder, ganz genau. Das läuft gar nicht mal schlecht, wir haben jede Menge Spaß.»

«Ich dachte, der sei echt zu bescheuert.»

«Ja, aber ist halt doch nicht so. Das ist mal was anderes als die Kerle, die ich mir sonst immer so angle. Und wenn man sich mal so überlegt, wie oft ich dabei schon auf die Nase gefallen bin, dachte ich, wär vielleicht mal ganz nützlich, es mal mit was Neuem zu versuchen.»

Ich nahm das etwas persönlich, als mache sie mir Vorwürfe, dass wir nie gefickt hatten. Mit den Frauen ist das echt merkwürdig: Entweder, man will und sie ärgern sich, dass man aber auch nie einen anderen Gedanken im Kopf hat. Oder man will nicht, und sie ärgern sich trotzdem.

Sie traf sich mit dem obernervigen, tätowierten Typen, mit dem sie sich jedes Mal unterhielt, wenn sie ausging. Beim ersten Mal, als sie danach abends nicht nach Hause kam, konnte ich damit voll gut umgehen. Liberal, tolerant, beide Beine fest am Boden, da werd ich doch wohl was wegstecken können, mich nicht zu so was Albernem wie Eifersucht herablassen …

Am zweiten Abend hingegen hatte ich nicht so recht verstanden, warum sie wieder dahin ging. Ich kannte den Typen nicht, doch alles, was sie mir über ihn erzählte, das klang ganz nach einem armen Schwein. Recht witzig, voll der Punkrocker, aber dennoch ein armes Schwein. Nett zu ihr war er auch nicht. Er behandelte sie nicht so, wie er's eigentlich hätte tun müssen. Also, nicht so, wie ich das getan hätte, wenn ich an seiner Stelle gewesen wär, aber es stimmte ja, dass ich nie an seiner Stelle hatte sein wollen. Da hatten wir's also wieder, einmal mehr hatte ich alles nur mir selbst zuzuschreiben. Es ließ sich nicht abstreiten, mir ging das alles auf den Sack.

Am dritten Abend musste ich mir eingestehen, dass ich einfach nicht gerne allein war. Und an der Sache ziemlich hart zu knapsen hatte. Und eifersüchtig war ich wohl auch. Und dann wünschte ich mir anscheinend auch, der Kerl möge krepieren. Ich litt schrecklich. Auf dass wir endlich wieder zu zweit unseren Spaß hätten.

Doch ich konnte meine große Klappe nicht allzu weit aufreißen, mich noch nicht einmal andeutungsweise beschweren.

o o o

Es gibt Wochen, da hat man echt superviel zu tun ... Am nächsten Tag musste ich nach Saint-Germain, eine Übersetzung abgeben. Ich konnte sie denen nicht per E-Mail schicken. Auch nicht auf einer Diskette. Das waren Leute vom Verlagswesen, doch in Sachen Internet oder zumindest Drucken, da waren sie noch nicht ganz up to date. Höchstens Fotokopien, das kriegten sie noch so gerade eben hin.

Ich verließ das Büro wieder, trieb mich 'n bisschen in einer Buchhandlung herum, hätte fast die Biographie von Ed Bunker geklaut. Ich trug sie ganz lange im Geschäft hin und her. Dann verzichtete ich auf den Plan und ging.

Und dann traf ich Catherine. Sie hatte sich in eine andere Frau verwandelt, die ihr aber immer noch bemerkenswert ähnlich sah. Sie hatte sich die Haare sehr kurz schneiden lassen. Die Symbolik, die dahinter steckte, verbitterte mich sehr: «Ich bin frei von dem großen, bösen Mann, endlich emanzipiert.» Doch zu alldem sagte ich nichts. Es stand ihr gar nicht mal schlecht, ihre Augen kamen dadurch besser zur Geltung und sie wirkte jünger. Sie hatte sehr stark abgenommen. Da sie einen sehr kleinen Busen hatte, sah das jetzt so aus, als sei sie vollkommen flach und hätte absolut nichts auf den Hüften. Wie bei einem jungen Mann halt. Ich fand, dass sie da vorher aber besser ausgesehen hatte, hielt aber auch hierzu meine große Klappe.

Es war sehr merkwürdig, sie wieder zu sehen. Schon lange dachte ich nicht mehr an sie, doch als sie da so vor mir stand, kam mir das sehr merkwürdig vor. Einerseits waren wir verlegen, wie zwei Fremde, andererseits waren wir immer noch sehr intim.

Kein Lächeln erhellte ihr Gesicht, als sie mich sah, doch entschlossen steuerte sie auf mich zu, wie eine Rakete auf ihr Ziel. So als sei es für sie sehr wichtig, sich der Begegnung mit mir zu stellen. Sie machte kein freundliches Gesicht, sie war nicht gerührt, sondern einfach nur störrisch: Sie musste mir unbedingt zeigen, wie groß ihre Verachtung für mich war.

Ich schlug ihr vor, einen Kaffee trinken zu gehen, hoffte insgeheim, sie würde ablehnen, so wenig ausgelassen erschien mir die Stimmung zwischen uns. Doch sie sagte, einverstanden, klang dabei ganz ermattet.

«Also, was gibt's Neues?»

Sie hatte ihr Kinn nach vorne geschoben, sehr herausfordernd. Ich war überrascht, mit was für einer Intensität sie mich hasste. Ich versuchte es mit einem Witz:

«Wau, also liebst du mich noch immer?»

«Da du mir die wirklich wichtige Frage ja eh nicht stellen wirst, werd ich dir eben so erzählen, was es bei mir Neues gibt: Ich bin bei Virgin Leiterin der DVD-Abteilung geworden, mit Martin läuft's sehr gut und ich erwarte ein Kind.»

Ich hatte ganz vergessen, dass ihr Freund Martin hieß, also wie Alice mit Nachnamen. Ich fand das lustig. Ich antwortete ihr:

«Glückwunsch. Das meine ich ganz aufrichtig. Schau mich bitte nicht an, als wolltest du jeden Moment nach mir spucken, Catherine. Ich hab das mit dir eben nicht gut hingekriegt, also hast du Schluss mit mir gemacht. Ich war ganz schön fertig danach … Du wirst mir doch wohl nicht bis an dein Lebensende vorhalten wollen, dass ich ausgerechnet in der Zeit, in der ich mit dir zusammen war, Klaustrophobie bekommen hab, oder?»

«Wie du da so sitzt, echt voll der Klaustrophobiepatient ...»

«Ich konnte mir das wirklich nicht so ganz aussuchen. Und dann hab auch ich mich verändert. Weißt du, was mir passiert ist?»

Sie schüttelte den Kopf, kniff dabei vor Verachtung die Augen zu zwei Schlitzen zusammen. Das hatte ich selten erlebt, dass jemand einen derartigen Hass auf mich hatte. Ich hoffte, zumindest meine Story würde sie ein wenig entspannen:

«Erinnerst du dich noch an die Visitenkarte, die du in meiner Regenjacke gefunden hattest?»

«Da fragst du mich auch noch?»

Sie war außer sich, als sei das alles erst gestern passiert. Diese Alte war echt verrückt nach mir. Was das für Ausmaße bei ihr annahm, war mir bis dahin gar nicht klar gewesen.

«Also, diese Frau, schon seit dreizehn Jahren hatte ich die nicht mehr gesehen. Sie wollte unbedingt mit mir sprechen, deshalb bin ich dann schließlich rausgegangen. Bleib mal ganz ruhig, ich frag dich jetzt nicht, ob du dich noch daran erinnern kannst, dass ich rausgegangen bin ... Ja, und dann also, da hat sie mir erzählt, dass sie und ich eine Tochter haben.»

Catherine hörte auf, sich mit jeder Faser ihres Körpers nur darauf zu konzentrieren, mich zu hassen. Wenigstens mal für fünf Minuten. So konnte sie zumindest etwas Energie dazu verwenden, endlich zu kapieren, was ich ihr da eigentlich erzählte:

«Eine Tochter?»

«Ja, Nancy heißt sie. Sie ist dreizehn. Siehst du, ich bin auch Papa geworden! Und eins kann ich dir sagen: Du hast wirklich Glück, ein Kind zu erwarten, denn im Grunde ist das echt voll lustig. Das heißt, gerade jetzt im Moment ist Nancy eher mal weniger lustig ... Ich weiß nicht, wie das damals bei dir war, doch das scheint recht häufig so zu sein, dass die Mädels in dem Alter nicht so ganz einfach sind ...»

Catherine hatte ihre Augen ganz weit aufgerissen, sie wirkte ungläubig:

«Ist das wieder eine von deinen Abrakadabra-Geschichten?»

«Nein. Es ist bloß die reine Wahrheit. Was alles andere angeht, mach dir mal bloß keine Sorgen, ich bin immer noch voll der Abhängertyp. Das heißt, ein ganz klein wenig arbeite ich doch endlich wieder ... aber nicht wirklich der Rede wert. Und nach wie vor dauert's bei mir immer eine ganze Woche, bis ich mich dazu entschlossen hab, die U-Bahn zu nehmen. Ich stopfe alle antidepressiven Mittel in mich hinein, die der Markt hergibt, und das hat dann bei mir komische Wirkungen ...»

«Warum hast du mir das nicht erzählt?»

Sie war noch viel schockierter als ich selbst an dem Tag, als ich es erfahren hatte. Ich zuckte die Schultern:

«Was weiß ich ... Ich hatte da nicht wirklich Gelegenheit zu, weißt du? An dem Abend selbst hatte ich geschlafen. Und am Morgen danach, da durfte ich ja den Mund erst gar nicht mehr aufmachen, so sauer warst du auf mich, also ...»

Sie wurde plötzlich sehr bleich. Ich begann zu kapieren, dass ich da wohl einen Riesenfehler gemacht hatte. Sie brach in Tränen aus:

«Verdammt, warum bloß hast du mir das nicht gesagt? Ich hätte dich nicht verlassen ... Ich dachte ... Ich dachte ... Ich hätte dich nicht verlassen, wenn du mir's gesagt hättest.»

Sie wiederholte das so an die zwölfmal. Ich hätte sie gerne getröstet:

«Nu sieh das doch mal anders. Überleg doch mal: Jetzt ist doch am Ende alles gut. Ich hab dadurch mal ordentlich 'n Tritt in den Hintern bekommen, du hast 'n Typen gefunden, der's draufhat ... Jetzt bekommst du bald dein Kind, ist doch cool ... Das heißt, du hast ja Recht, ist schon 'n bisschen traurig alles, seh ich ja ein, aber das ist doch kein Grund, dir das jetzt alles so zu Herzen zu nehmen.»

Ich wusste, dass die Frauen immer ein wenig merkwürdig sind, wenn sie ein Baby im Bauch haben, also fand ich das jetzt auch nicht so richtig schlimm, bis sie dann lauthals durchs ganze Bistro brüllte:

«Aber ich liebe ihn nicht. Verdammte Scheiße, wenn du mir das gesagt hättest, ich wäre bei dir geblieben, von dir wollte ich nämlich ein Kind!»

Sie brüllte tierisch laut, ich wusste schon gar nicht mehr, wo ich hingucken sollte. Ich sah, dass sich einer der Kellner hinter seiner Theke vor Lachen auf die Schenkel klopfte.

Ich war total entmutigt.

○ ○ ○

«Und sonst wundert dich das also nicht?»

«Ich find, die hat 'ne Schacke, mehr nicht. Was soll denn das ganze Theater? Erst verlässt sie dich, ruft dich nie wieder an, lässt sich schwängern und dann läuft sie dir zufällig wieder über den Weg und heult rum, du hättest sie nie verlassen dürfen? Die hat doch wohl nicht mehr alle Tassen im Schrank, die Alte ...»

Sandra lief kreuz und quer durch die gesamte Wohnung. Sie hatte beschlossen, die Gardinen müssten mal in die Wäsche. Sie ging mit ihrem Hocker von einem Fenster zum anderen, kletterte da mutig drauf und nahm die Dinger von der Stange runter. Ich ging hinter ihr her, Schritt für Schritt. Hielt mich dicht hinter ihr, stets bereit, sie aufzufangen, sollte sie dabei abrutschen. Sie war voll aufgebracht gegen die arme Catherine:

«Und wenn ich mal offen sein darf, die hat doch wohl nicht den Schuss gehört. Wie ein Stück Dreck hast du sie behandelt. Du bist nie cool zu ihr gewesen, du hast ihr nie etwas Gutes getan ... Was soll denn dieser ganze Scheiß, Ausgeburt eines schwachsinnigen, masochistisch veranlagten Nuttenhirns? Ich versteh die Alte nicht ...»

Was mich betraf, war ich entzückt darüber, wie sie das auf einmal alles anging. Schon seit Wochen hatte sich Sandra nicht derart für eine meiner Geschichten begeistern können. Und es gefiel mir auch, ihre Betroffenheit von der ganzen Sache als heimlichen Beweis dafür zu verstehen, dass sie Angst hatte, ich könnte zu Catherine zurückkehren, womit ich dann also für sie verloren wäre.

Seit sich Sandra mit diesem Vollidioten von voll tätowiertem Arbeitslosen traf, hatte ich mir alles gut überlegt: Wir müssten endlich zusammenkommen. Ich unternahm allerdings nichts, damit es auch tatsächlich dazu kommen konnte, wie zum Beispiel ihr meine Überlegungen mitzuteilen. Doch für mich hatte ich das ganz klar festmachen können; es schien mir der richtige Schritt in die richtige Richtung zu sein. Sie stopfte ihren Berg an Vorhängen in die Maschine und drehte sich dann zu mir:

«Liebst du sie noch immer?»

Sollte ihr der Gedanke unangenehm sein, so versteckte sie das zumindest sehr gut. Ich antwortete ihr:

«Nein. Es tat mir für sie Leid, in der Bar, aber das hatte mich trotzdem nicht unbedingt … umgehauen. Es reicht, ich hab mein Soll an schrägen Kindergeschichten erfüllt. Da ist nichts zu machen, ich bändle nicht mit einer Alten an, die von einem anderen schwanger ist … Und selbst wenn ich sie oberspitzengeil fänd, keine Chance. Nee, also wirklich, das nächste Kind, das ich in die Welt setze, das wird vollkommen normal ablaufen. Mit einer Frau, die mir rechtzeitig Bescheid gibt. Ich will dann sehen, wie's auf die Welt kommt. Und ich kann dir sagen, mir wär's sogar ein Riesenvergnügen, nachts raus zu müssen, um dem Baby das Fläschchen zu geben.»

Ich rührte bei Sandra mal ordentlich die Werbetrommel für mich, für später. Sie ließ sich nicht anmerken, wie interessiert sie an alldem war.

Sie machte sich für ihren armseligen Piercing-Typen zurecht. Wie immer fragte ich sie:

«Hat der eigentlich auch 'n Ring durch die Schwanzspitze?»

«Lass mich in Ruhe.»

«Nee, nur weil ich sonst wirklich nicht weiß, was du an dem findest.»

«Und wenn er da also 'n Ring hat, dann verstehst du's gleich viel besser, ja?»

«Hör bloß auf, ich will nichts davon hören, sonst muss ich gleich kotzen.»

Ich blieb also ganz allein zu Hause, fand das alles wenig befriedigend.

° ° °

Ich rollte mir einen Joint, in der Kiste kam nur Schrott, da tat ich wohl besser dran, mir voll die Birne zuzukiffen, meine Gedanken zumindest auf eine Sache zu konzentrieren. Wie an jedem Abend feilte ich an einem sehr genauen Plan für den nächsten Tag. Machte mir ellenlange Listen, was ich alles dringend zu erledigen hatte, an welche getroffenen Beschlüsse ich mich unbedingt zu halten hatte, wen ich noch alles anrufen musste. Das beruhigte mich ungemein, auch wenn dann am Ende wieder einmal gar nichts passierte. Und wie jeden Abend schwor ich mir, dass ich am nächsten Morgen zu schreiben beginnen würde. Mit so 'ner Ladung Haschisch im Kopf hat man auf einmal tausend Ideen und mir machte es ungemein Spaß, mir im Kopf ganz in allen Einzelheiten auszumalen, wie ich mich am nächsten Tag an die Arbeit machen würde.

Verschwendung. Ich legte mich selbst lahm, denn vor lauter Plänen wusste ich überhaupt nicht mehr, wo ich eigentlich hinwollte.

Ich bekam auf einmal voll die heftige Paranoia, bei dem Gedanken an meine Mutter. Ich musste unbedingt Nancy zu ihr bringen, sie musste sie dringend noch sehen, bevor's mit ihr zu Ende ging.

Meine Mutter hatte mich mit achtzehn bekommen, also war sie jetzt noch keine fünfzig. Ganz rational betrachtet, bekam ich das schon noch auf die Reihe, dass sie uns also nicht so ganz sofort verlassen würde. Doch plötzlich, an diesem Abend, da bekam ich auf einmal tierische Angst. Es sollte endlich aufhören, dass ich immer nur alles in den Sand setzte.

Das war ja wohl doch mal eher mein Fehler, wie das mit Cath voll danebengegangen war. Das stimmte schon, das hätte ich auch ... eher kapieren können, dass ich an ihr hing. Ich hatte es mir ebenfalls eher mal selbst zuzuschreiben, dass Sandra bei 'nem anderen schlief. Schon längst hätte ich sie selbst ins Bett ziehen können. Und 'n bisschen war ich da auch schuld, dass Alice damals nicht versucht hatte, mir zu schreiben, mich anzurufen oder was auch immer ... In den letzten Monaten hatte ich mich immer sehr bemüht, bloß nicht darüber nachzudenken. Doch damals ging ich echt mit jeder ins Bett und sorgte immer dafür, dass sie das auch mitbekam. Ich war da sehr einfallsreich. Sie sollte bloß nicht dahinter kommen, wie scharf und witzig ich sie eigentlich fand. Ja sogar wirklich an ihr hing, damals. Das mit ihrem Umzug, stimmt schon, dass ich da auch ein klein wenig mitverantwortlich für war. Doch das war höchstens minimal, also echt absolut lächerlich im Vergleich zu dem, was sie mir dann angetan hatte ... Aber trotzdem ... Ich war aber auch vom Unglück verfolgt. Dieser alte Pleitegeier war echt der Einzige, der mich nie im Stich ließ. Er war die Grundlage meines Seins, über ihn definierte ich mich und irgendwie wollte ich ihn auch gar nicht loswerden. Doch eines schönen Tages würde der mich noch selbst in die Knie zwingen, mich tottrampeln und meinen Platz einnehmen. Das Blöde war nur, dass ich nie gelernt hatte, mich in Acht zu nehmen und ihm bloß nie zu nahe zu treten.

Als ich auf dem besten Wege war, mich hoffnungslos in meinen schmerzhaften Gedanken zu verstricken, da klingelte das Telefon. Ich wartete, bis der AB ranging, meist war das eh nicht für mich. Es war Alice, ihre Stimme klang so finster, wie selbst sie das nur selten hinbekam. Da musste sie wohl mit einem gelungenen Mix aus Tabletten und Alkohol ein klein wenig nachgeholfen haben. Ich hob ab, sie heulte augenblicklich los, war echt meine Glückswoche:

«Ist Nancy bei dir?»

«Wovon sprichst du, Alice?»

«Hier geht alles nur noch den Bach runter, gerade haben sie bei mir angerufen, dass Nancy von der Schule geflogen ist. Sie hat im Schulgebäude Cannabis verkauft.»

«Jetzt flenn hier aber mal nicht so rum, so schlimm ist das nun auch ... na ja, hast schon Recht, ist schon Scheiße, aber deswegen muss man doch nicht gleich ... Aber sag mal, Alice, es ist fast elf Uhr abends, warum rufst du mich denn erst jetzt an?»

Das ging mir auf den Keks, dass sie so spät anrief, denn ich hatte viel zu viel gekifft, um noch zu verstehen, was sie mir erzählte.

«Ich wollte nicht, dass du dir umsonst Sorgen machen musst. Sie und ich, wir haben uns gestritten. Sie ist dann gegangen. Bruno, ich kann nicht mehr.»

«Sie ist gegangen?»

«Ich hab Beruhigungstabletten genommen und bin früh ins Bett. Von irgendwas bin ich dann aber wach geworden und ich bin in ihr Zimmer, um nachzusehen, und da war sie dann nicht mehr.»

«Warst du schon bei der Polizei?»

«Da komme ich gerade her, Bruno, aber ich kann nicht mehr ...»

Ich hatte Angst zu erfahren, auf was sie eigentlich hinauswollte, wusste aber auch nicht so recht, wie ich meinen Kopf wieder aus der Schlinge ziehen sollte, also schlug ich ihr vor:

«Soll ich vorbeikommen?»

«Das wäre gut.»

«Ich such mir 'n Taxi und bin gleich bei dir.»

○ ○ ○

Nicht umsonst hieß es «sich ein Taxi suchen». Wenn man von Barbès aus losfahren wollte, verstand man wieso. Und dabei war ich weiß … Ich lief vor, bis zum Rathaus vom 18. Arrondissement, sah mir alle vorbeifahrenden Autos genau an, gehetzt. Ich wechselte die Straßenseite, um ganz klassisch dem Fahrer in die Arme zu laufen, der «leider seine Dienstzeit gleich beendet hat und nicht in diese Richtung» fuhr. Als ich dann aber am Taxistand angekommen war, musste ich nicht mehr lange warten. Ich erkannte sofort die Taxifahrerin wieder. Es war dieselbe, die Sandra und mich an dem Tag meines Einzugs in ihre Wohnung gefahren hatte. Das machte mich ganz melancholisch, obwohl ich's eigentlich auch witzig fand: Wann traf man schon zweimal auf den gleichen Taxifahrer?

«Porte Champerret.»

«Haben Sie eine Vorliebe für eine bestimmte Strecke?»

«Fahren Sie bitte über den Ring. Und falls es möglichst schnell gehen könnte …»

Das hätte ich mir auch sparen können, sie darauf hinzuweisen. Sie nahm meine Bitte wirklich sehr ernst und ich musste mich an dem Griff über meinem Fenster festkrallen. Und dabei ständig vor mich hinmurmeln, ich sei doch 'n Kerl, ich könnte doch jetzt nicht eine zarte, kleine Frau bitten, etwas langsamer zu fahren.

Ich versuchte Sandra über ihr Handy zu erreichen. Sie hatte auf die Mailbox umgestellt, ich bekam einen Knoten im Hals. Es war Verrat, ich fühlte mich doppelt im Stich gelassen. Ich hinterließ eine Nachricht, fasste die Situation kurz zusammen. Ich wusste, dass sie und Nancy sich ab und zu E-Mails schickten, vielleicht wusste sie ja was.

Die Taxifahrerin drehte leicht den Kopf zu mir nach hinten und beschleunigte gleichzeitig. Ich umklammerte den Griff noch fester, wusste aber genau, dass das leider auch nichts half.

«Sie haben eine kleine Tochter, die von zu Hause ausgebüxt ist? Wie alt ist sie denn?»

Daran war nicht zu rütteln, die Kleine fand sie interessant. Ein schweigsamer, typisch Pariser Taxifahrer, der so tut, als sei er selbst überhaupt kein Mensch, wäre mir in dem Moment lieber gewesen. Doch so blieb mir nichts weiter übrig, als ihr zu antworten, ich nahm jedoch dabei mein Recht in Anspruch, in eiskaltem Tonfall zu sprechen:

«Dreizehn. Sie hatte sich abends mit ihrer Mutter gestritten und ist dann gegangen. Mehr weiß ich zurzeit auch noch nicht.»

«Leben Sie getrennt?»

«Wir sind nie zusammen gewesen … das heißt, mal abgesehen vom Zeitpunkt der Zeugung, aber das ging ja wirklich ganz fix.»

Sie lachte und es klang weder weiblich noch männlich, eher so elfengleich. Sie bemerkte:

«Dreizehn, das ist kein einfaches Alter für so ein Mädel.»

«Ich weiß, ich weiß …»

Ein Sportwagen überholte uns. Darin saßen vier übermütige Jugendliche, Musik voll aufgedreht. Die mussten so an die 400 Sachen draufhaben und rasten über den Ring, als sei 's 'ne Rennstrecke.

Durch das Wagenfenster leuchteten die ganze Strecke entlang Lichtreklamen herüber, wirkten nicht nur arrogant, sondern auch zugleich idiotisch. Ich dachte wieder an Fitzgerald, «unsere Eltern haben uns eine aus den Fugen geratene Welt hinterlassen».

Ich war wütend auf Nancy. Wie konnte sie nur allein an sich selbst denken, launisch sein, Ärger machen und ihre Mutter zum Heulen bringen. Sorgen machte ich mir noch keine, dazu war ich noch viel zu aufgebracht.

Jetzt, wo die Taxifahrerin kapiert hatte, dass ich nicht zum Plaudern aufgelegt war und mich deshalb lieber in Ruhe ließ, hätte ich eigentlich ganz gern mit ihr geredet. Ich fragte sie:

«Ich bin schon einmal mit Ihnen Taxi gefahren und da hab ich Sie auch schon sagen hören, dreizehn, das ist kein leichtes Alter … Das ist witzig, sagen Sie das oft?»

Sie hielt mir ihren Joint hin, ein ganz schmaler Spliff nur, sehr diskret, ich zog dran und lauschte ihren Worten:

«Als ich dreizehn war, da beschlossen meine Eltern, mich kleinzumachen. Wir waren schon hier, in Frankreich, und weil sie voll darauf aus waren, sich zu integrieren, haben sie mich in die Klapsmühle gesteckt. Da sollten die mir den Kopf wieder reparieren. Sie waren schon recht fortschrittlich und haben ja auch dran gedacht, dass es die Psychiatrie gibt, aber sie wussten nicht so recht, was das eigentlich war. Ich kann mir gut vorstellen, dass sie erwartet hatten, die würden mir da das Gehirn aufklappen und zwei, drei Neuronen wieder an die richtige Stelle pappen. So wie bei einem Auto. Aber das hat nicht geklappt. Das ist ja noch graue Vorgeschichte, denen ihre Psychiatrie in Europa. Die machen da Bücher drüber, kriegen aber nicht mehr gebacken als die Zahnärzte zu der Zeit, wo die Zähne noch mit der Kneifzange gezogen wurden … Nur, das Hirn ist nun mal nicht einfach nur ein Zahn, da kann man eben nicht einfach alles rausreißen, und mit der Kneifzange schon einmal gar nicht … Für mich hatte es aber dennoch was gebracht, ich hab da nämlich in der Klinik sehr viele Kinder genau in meinem Alter gesehen. Das hat mir dann doch zu denken gegeben …»

Sie war geschwätzig. Sie hatte dieses Phrasendreschersyndrom bestimmter begabter Immigranten. Diese Schwäche, sich um jeden Preis gut auszudrücken und sämtliche Argumente möglichst schwülstig zu belegen … Durch ihren Haschisch-Konsum wurde das nicht unbedingt besser. Sie fuhr fort:

«Das ist ein kleiner, empfindlicher Mechanismus, so ein Gehirn in diesem Alter. Das ist noch unfertig. Man spürt noch nichts. Keinen Schmerz, keine Verletzungen. Man kann in seinem Inneren von Bomben getroffen werden und hat dennoch den Eindruck, alles sei in bester Ordnung. In diesem Alter spürt man so viel Kraft in sich … Und zugleich versteht man aber noch rein gar nichts. Da braucht nur ein Arsch des Weges zu kommen, uns irgendeinen Schwachsinn zu erzählen und dann verinnerlicht man das viele Jahre lang.»

Ich war erstaunt, wo ihr Diskurs sie nun hingeführt hatte. Und wurde traurig. Da meine Wut abflaute, war für Schmerz, Besorgnis und Verzweiflung wieder jede Menge Platz. Zumindest befand ich mich also wieder auf vertrautem Gebiet.

Wir näherten uns Porte Champerret, ich hatte noch eine Frage:

«Und? Wie hat man sich dazu als Erwachsener zu verhalten?»

«Man darf da kein zu großes Drama drum machen … Zumindest hab ich's nie erlebt, dass man ein Kind, das schwierig wurde, durch Disziplin hätte beruhigen können. Das wird dann normalerweise bloß aufgeschoben. Alles, was mit Gewalt unterdrückt wird, kommt früher oder später wieder hoch.»

«Lassen Sie mich vorne bei der Ampel raus?»

Sie hielt an, drehte sich zu mir und blickte mich forschend an:

«Teenager sind meiner Ansicht nach genauso wie später fast alle Erwachsenen: Sie wissen nicht, wie sie nach dem fragen sollen, was sie brauchen. Sie können nicht instinktiv erkennen, was für sie gut ist. Und was gut für sie ist, das ist auch dasselbe wie später bei fast allen Erwachsenen: Man muss ihnen tagtäglich sagen, dass sie einem wichtig sind, dass man ihnen vertraut.»

«Nicht ganz einfach, einem nichtsnutzigen Dreikäsehoch zu vertrauen, der durchbrennt, sobald man ihm nur ein falsches Wort sagt.»

«Sie wissen doch ebenso gut wie ich, dass das so einfach nun auch wieder nicht abläuft. Außerdem muss ja auch sie die Nacht draußen zubringen. Auch wenn Sie und Ihre Madame diejenigen sind, die da sitzen und sich Sorgen machen, ist sie diejenige, die sich draußen herumtreibt und in Gefahr begibt. Sie ist es, die alles aufs Spiel setzt. Und dabei braucht sie ganz was anderes, nämlich Zuspruch noch und nöcher. Bis ihr das echt in ihren Kopf hineingeht, dass sie überhaupt keinen Grund hatte, so in Panik zu geraten. Wenn Sie ihr Ihren Zuspruch verweigern, bekräftigen Sie sie ja nur noch in ihrer Annahme. Wenn Sie die Kleine den Behörden ausliefern, ganz egal was für welchen, dann zeigen Sie ihr ja bloß, dass sie durchaus Recht gehabt hatte, auf der Hut zu sein. Oder Sie lassen sie halt vor die Hunde gehen.»

Etwas weiter weg kreischte eine Horde Nutten. Einige sprachen in einer merkwürdigen, aus vielen Kehllauten bestehenden Sprache, wohl aus dem Osten. Die anderen antworteten auf Wolof. Ganz genau verstanden sie einander nicht, doch schrien wie wild aufeinander ein. Auf beiden Seiten glaubte man sich im Recht. Es war komisch anzusehen, diese Weiber in Miniröcken. Sehr gut frisiert, sehr fein, doch sich da wie wild geworden die Kehlen aus dem Leib schreiend. Sie schlugen sich zwar nicht, doch sie keiften halt rum.

Ein Polizeiwagen hielt auf ihrer Höhe, drei Bullen stiegen aus. Zwei weiße Männer und eine schwarze Frau. Die Frau raste zielstrebig auf die Gruppe zu, baute sich mittendrin auf, streckte ihre Arme aus und schrie lauter als alle anderen, mit waschechtem Akzent aus Martinique:

«Also, meine Damen, jetzt reicht's aber. Sie belästigen hier sämtliche Leute. Jetzt ist Schluss mit dem Zirkus, verstehen Sie, wir haben die Schnauze gestrichen voll! So schwer ist das doch gar nicht: Alle Afrikanerinnen gehen rüber zur Porte Maillot und die Mädels aus dem Osten, Porte Champerret.»

Kurz verharrten sie alle in ihrer Bewegung, schüttelten die Köpfe. Dann gingen sie auseinander, die Weißen in die eine Richtung, die Schwarzen in die andere. Die Bullenfrau schrie ihnen noch hinterher:

«Und wehe, wir hören noch einen Mucks!»

Ich bezahlte die Dame im Taxi und ging rauf zu Alice.

° ° °

«Ich bin kein verschimmelter Fisch.»

So lautete Nancys Abschiedsbrief, der auf ihrem Bett lag. Geschrieben mit blauer Tinte, in noch etwas ungelenker Handschrift.

Alice hatte bei ihrer Entwicklung zu einem Zombie ein recht interessantes Stadium erreicht. Mit hängenden Schultern ging sie hinter mir her, erzählte mir mit einer Stimme aus dem Jenseits immer wieder die gleiche Geschichte:

«Sie kam nach Hause und erzählte mir, sie hätte in Grammatik 14 von 20 Punkten erreicht. Sie war darüber sehr zufrieden, sehr ausgelassen. Dann erhielt ich einen Anruf von der Schule, wurde für morgen früh bestellt. Schon seit Wochen unterschreibt sie alle Einträge im Mitteilungsheft selbst. Sie gibt den Lehrern freche Antworten, hat in allen Fächern schlechte Noten und jetzt neulich, das war dann wohl das Beste … da ist sie in der Schule mit Marihuana erschienen, davon wollte sie einem anderen kleinen Mädchen etwas verkaufen … Was fangen wir nur mit ihr an? Was um alles in der Welt sollen wir nur mit ihr anfangen?»

«Und du hast keine Ahnung, wo sie hingegangen sein könnte?»

Alice schniefte und schüttelte den Kopf. Sie erinnerte mich an meine Mutter. Ich musste daran denken, was die wohl immer für Nächte zugebracht hatte, ganz allein, wenn ich mal wieder abgehauen war. Wie sehr ich damals meinen Groll und meine Gleichgültigkeit als absolut vital empfand. Von niemandem hätte ich mir meinen Anspruch darauf nehmen lassen.

Wir standen plötzlich vor unlösbaren Schwierigkeiten. Ich setzte mich auf Nancys Bett. Ein Mickymaus-Telefon stand nicht angeschlossen herum. Alte Poster von den Spice Girls, ein Köfferchen mit *Buffy* drauf, *Star Wars-* und Madonnafilme. Bücher von Sabrina, Harry Potter und Märchen und Legenden. Ein kleines, durchsichtiges Beutelchen mit Wolken drauf, voller Schminke. In einem Bilderrahmen voller Delphine steckte ein Bild von ihrer Mutter und, draufgeklebt, eins von mir. Ein Barbie-Pferd, ein paar Handschuhe, ein Paar Nike-Turnschuhe, ein Parfum namens «Lolita», ein uralter Babar-Stoffelefant. Auf einem Stapel CDs lag ganz oben Blink 182, offene Hülle … Das kleine Mädchen, das hier wohnte, war heute Nacht ganz allein draußen.

Ich kämpfte mit mir, um mir gar nicht erst vorzustellen, was einem kleinen Mädchen in Paris so alles passieren konnte. Doch diese Gedanken gingen mir natürlich dennoch durch den Kopf. Liebenswürdige, alte Herren. Andere eher etwas exzentrisch und charmant. Banden von jugendlichen Spinnern. Superfinstere Gestalten, die durch die Gegend zogen, um zu rekrutieren.

Ich war traurig, dass sie mich nicht angerufen hatte. Die Bindung zwischen ihr und mir war also noch nicht so stark, dass sie mich anrief, sobald es brenzlig wurde.

Und ich spürte, wie mir der Boden unter den Füßen weggezogen wurde. Ich musste fest an meine Mutter denken. Wenn Kinder den gesamten Raum einnehmen, die ganze Energie und auch im Kopf für nichts anderes mehr Platz ist. Und dann steht man da plötzlich, kann nichts machen, man sitzt in ihrem Zimmer und wartet. Das Einzige, was einem noch bleibt, ist ganz fest zu hoffen, es möge ihnen nichts passieren.

o o o

«Ich weiß noch, wie ich damals war, als wir uns kennen gelernt haben … Ich erhoffte mir damals etwas ganz anderes vom Leben. Aber die Suppe wurde mir gründlich versalzen, das ging ratzfatz. Es lässt sich nicht leugnen, dass Nancys Geburt bei allem, was danach kam, den Ton angegeben hat … Was ich auch anpackte, es ging schief, systematisch. Haargenau wie bei der armen Bovary. Mein ganzes Leben lang hab ich immer nur klein beigegeben, auf Dinge gewartet, die niemals eintrafen, mir was vorgemacht ... Glänzend war das nicht, könnte man echt nicht behaupten ... Niemals hätte ich ihr wehtun wollen, weißt du. Ich hab immer alles so gemacht, wie ich eben meinte, es sei das Beste.»

Alice hatte sich aufs Sofa gelegt. Ich hatte in ihrer Plattensammlung «What's going on» von Marvin Gaye gefunden und hörte eher ihm zu als ihr.

Ich fand das nicht o. k., dass sie so alle Hüllen fallen ließ und mir ihren ganzen Seelensalat vor die Füße knallte. Ich kam mir vor, als würde ich sie missbrauchen, davon profitieren, dass sie gerade schlecht drauf war, und erfuhr nun deshalb superviel über sie, viel mehr, als sie mir überhaupt jemals von sich hätte erzählen wollen. Diese Teenagergeschichte hatte mich fürs ganze Leben gezeichnet: Da kam ein Mädchen daher, erzählte mir noch im Juni, sie würde mich lieben und versteckt vor mir ab Juli unsere Tochter. Sie hatte mich danach nie wieder angerufen, hatte nie auch nur einen schwachen Moment gehabt. Ich wusste nur zu gut, dass Damen ihres Standes Vagabunden wie mir die Tür vor der Nase zuknallten, sobald der Depri-Anfall überwunden war. Und ich wusste, dass sie da später einmal kein Pardon kennen würde, es mir übel nehmen würde, sich mir so anvertraut zu haben.

Sie deutete ein trauriges Lächeln an. Sie ähnelte meiner Vorstellung von einer Tuberkulose-Kranken: schwach. Eine Person, durch die man fast hindurchsah. Sehr zerbrechlich, auf eine rührende Art.

«Wenn du wüsstest, wie oft ich mir überlegt hab, ob ich dich anrufen sollte ... Doch deine Nummer stand nie im Telefonbuch, da hatte sich der Fall sowieso erledigt. Ich hatte dich sehr gern, weißt du ... Ich hab das ganz oft zu ihr gesagt, als sie klein war. Ganz oft hab ich zu ihr gesagt, dass ich ihren Vater wirklich sehr gern gehabt hatte ... Jetzt, wo sie groß ist, wirft sie mir das fast täglich vor. Ich hätte sie angelogen. Ich hätte sie ja wohl nicht mehr alle, weil ich dir nicht schon viel eher Bescheid gesagt hätte ... Und ich glaub, sie hat Recht. Doch ich musste mich damals entscheiden zwischen der Unterstützung durch meine Eltern oder durch dich, und da hab ich mich für das entschieden, was mir das Vernünftigste schien.»

Alice reihte Sätze aneinander, bis sie zu dem einen Satz kam, der sie zum Weinen brachte. Sie kniff ihr Gesicht zusammen, wartete, bis ihr das Wasser in die Augen stieg und ließ die Tränen laufen.

Mein Handy klingelte. Alle beide sprangen wir auf. Ich fand meine Jacke nicht gleich, und bis ich sie dann endlich gefunden hatte, war schon längst die Mailbox dran.

Ich wartete, wünschte mir ganz fest, es möge Nancy sein. Die doofe Tante mit ihrer Roboterstimme stahl mir die Zeit: «Ihre Mailbox kann nur VIER weitere Nachrichten entgegennehmen», und dann war da Sandras Stimme.

Ich rief sie zurück, sie fragte mich:

«Wo steckst du denn jetzt gerade?»

Ihre Stimme zitterte ein wenig, doch das lag daran, dass die Geschichte auf sie die gleiche Wirkung wie auf mich hatte: Der Eindruck, alles sei total außer Kontrolle geraten, es gebe eine unmittelbare Gefahr, löste den reinsten Notstandsplan aus. Auch wenn sie erschüttert war, vermochte sie die Ruhe zu bewahren. Ich spürte, dass sie echt superbesorgt war und das half mir. Sie nahm die Sache in die Hand:

«Ich werd jetzt sofort nach Barbès fahren, man kann ja nie wissen, vielleicht kommt sie ja zu dir.»

«Ich trau mich nicht so recht, Alice allein zu lassen.»

Sobald diese mitbekommen hatte, dass es nicht Nancy war, hatte sie wieder in ihrer Pose der schwer Depressiven auf dem Sofa Stellung bezogen. Ich war unterschwellig sauer auf sie, dass sie in einem solchen Moment noch eine zusätzliche Belastung darstellte. Und immer nur ständig über sich sprach, in einem fort. Ich war sauer auf sie, dass sie mir zu einem Zeitpunkt, wo ich am liebsten ins nächste Taxi gesprungen wär, um die ganze Stadt abzufahren, die Verantwortung für sie übertrug. Doch Alice war unmöglich irgendwo mit hinzunehmen, zugedröhnt und überdreht wie sie war. Sie bekam es echt immer hin, dass sie diejenige war, um die alle sich kümmern mussten, anders zu reagieren war ihr unmöglich. Sandra versuchte mich zu beruhigen:

«Sie hat mir oft von einem Jungen erzählt, schon seit 'ner ganzen Weile trifft sie sich mit dem.»

«Ach so? Und warum hat sie mir nie etwas darüber gesagt?»

«Sie hat das eigentlich ganz gern, dass du in dem Punkt megastrikt bist.»

«Dann hättest du es mir ja wenigstens sagen können.»

«Du hättest doch Ärger gemacht, oder etwa nicht?»

«Es wäre trotzdem besser gewesen.»

«Er scheint sich korrekt zu ihr zu verhalten. Er heißt Saïd … Saïd und Nancy, klingt doch witzig, oder?»

«Ich krieg gleich 'n Lachanfall. Und wo wohnt der?»

«Das hat sie mir nicht gesagt. Das ist so ein Junge, der immer vor ihrer Schule herumlungerte, mehr weiß ich auch nicht drüber.»

«Ach so, willst du mir sagen, dass der ein ganzer Kerl ist? Das ist ja voll der Wahnsinn, wie du dich darauf verstehst, mich zu beruhigen …»

«Nu' mach mal 'n Punkt. Rolex-Uhren zu klauen hat noch nie jemanden davon abgehalten, 'n netter Mensch zu sein. Und ich glaub wirklich, dass er nett ist … Also, ich mein, das hat sie mir zumindest gesagt.»

Plötzlich fiel's mir wieder siedend heiß ein, wie oft ich schon, ohne da richtig hinzuhören, über Vergewaltigungsverbrechen in den Vorortsiedlungen gehört hatte.

Eine aus den Fugen geratene Welt, die wir unseren Kindern zurückließen.

Eine Welt, in der man ihnen nicht beibringt, wie sie auf sich aufpassen sollen, in der es aber von Gefahren nur so wimmelt. Eine Welt, über die man nie mit ihnen spricht. In der es nicht mehr bloß einfach darum geht, zwischen Pumas und New Balances zu unterscheiden, oder in der man zwischen Kakao und Orangina wählen muss. Eine Welt, auf die man sie null vorbereitet, doch die ihre Hand nach ihnen ausstreckt, an jeder Ecke.

◦ ◦ ◦

Der Morgen zog herauf. Alice war von den ganzen Drogen total hinüber, schlaff, Ränder unter den Augen. Ich saß neben ihr in einem

Sessel, trank einen Kaffee nach dem anderen. Sie hatte nicht zu reden aufgehört. Wie eine Irre brabbelnd, hatte sie sich mir anvertraut, sich zu rechtfertigen versucht, herumgejammert. Sie kratzte sich am Nacken, wirkte abwesend:

«Natürlich bereue ich es, dass ich sie hab. Genau das wirft sie mir die ganze Zeit vor und ich widerspreche ihr, doch natürlich stimmt es, ich habe es bereut. Ich bin dafür einfach nicht der Typ. Noch bevor sie überhaupt auf die Welt kam, hatte ich kapiert, dass meine Eltern mich nun für immer in der Hand hatten und für mich alles aus war. Ich lieb sie wirklich, das muss ich allerdings sagen. Ohne sie, da wäre alles nur noch viel schlimmer gewesen, sie ist alles, was ich hab ... Aber es stimmt, dass sie mir das Leben versaut hat. Nie konnte ich in Ruhe arbeiten, laut ficken, abends ausgehen. Es war nie vorhersehbar, wann sie krank werden würde, und wenn sie es wurde, dann natürlich immer zum falschen Zeitpunkt ... Natürlich passt es mir nicht zu sehen, wie sie heranwächst. Das zeigt mir ja nur, wie alt ich inzwischen bin. Dass für mich der Zug abgefahren ist und ich alles in den Sand gesetzt hab ... Aber jetzt will ich, dass sie nach Hause kommt, Scheiße! Sie ist doch mein ein und alles, verstehst du? Alles ist mir misslungen, außer ihr ist mir alles misslungen.»

Sofern ich mich nicht täuschte, sagte sie all diese Dinge, damit ich ihr antworte: «Nein, nein, nein.» Doch ich hatte keine Kraft mehr. Ich fand ihre Offenheit entsetzlich und sehr katholisch: Ein offen zugegebener Fehler ist bereits halb verziehen. Man muss sich nur nach allen Regeln der Kunst geißeln, ein paar Worte des Bedauerns runterleiern.

Mein Handy klingelte, ich dachte, es wär Sandra und griff danach, doch ganz ohne Eile. Aber es war eine Nummer, die ich nicht kannte, mit «02» am Anfang.

«Guten Tag. Spreche ich mit Herrn Bruno Martin?»

○ ○ ○

«Hallo Thierry? Ich bin's, Bruno. Hab ich dich geweckt?»

«Ich arbeite abends, es ist noch keine sechs Uhr morgens, von daher ja, ist eher mal logisch, dass du mich geweckt hast.»

«Entschuldige. Ich brauche ein Auto. Du bist der Einzige, den ich kenne, der so was besitzt. Ich hab gerade einen Anruf vom dem Polizeikommissariat in Orléans erhalten. Meine Tochter sitzt da gerade in Verwahrung. Ich muss hin und sie abholen.»

Ich stotterte fast, das Adrenalin hatte sich am Ende doch noch in mir ausgebreitet. Es saß mir in den Fingern, im Rachen. Wie ein irrer Ball prallte es an allen Wänden ab und nahm mir die Luft zum Atmen. Ich war wahnsinnig erleichtert: Nancy lebte. Wir wussten, wo sie war, sie konnte sich nicht wieder aus dem Staub machen, wir würden sie finden. Doch gleichzeitig wurde ich vor Ungeduld fast irre. Ich wollte schon längst dort sein, kontrollieren, ob die Bullen ihr nichts angetan hatten. Mit ihr sprechen, bei ihr sein …

Thierry war sofort hellwach. Dabei hatte ich Angst gehabt, er würde nicht kapieren, kneifen, nach Ausflüchten suchen. Doch er war aus dem gleichen Holz wie Sandra: Sofort Feuer und Flamme, wenn es darum ging, im Elend zusammenzuhalten. Ich hörte, wie er zu seiner Freundin «Nun halt doch mal bitte die Klappe» grummelte. Dann machte er auf Oberfeldwebel:

«Ich komm dich sofort holen. Wo bist du?»

«Wenn du willst, kann Sandra die Karre fahren, wir bringen sie dir dann gegen Mittag zurück.»

«Mir ist es lieber, dich dahin zu fahren. Ich hab keine Angst um den Wagen, aber es ist doch selbstverständlich, dass ich dich dahin begleite.»

Ich spürte, wie mich die Freude übermannte und ich fast nur noch taumelte. Alles wurde zu intensiv und sprengte meine Schutzpanzer weg. Ich war aufgedreht, bereit, es mit der Welt aufzunehmen, komme, was da wolle. All diese beruhigend auf mich einredenden Stimmen erlösten mich aus dem Albtraum namens Alice, die gar nicht mehr zu stöhnen aufhörte und wild fluchend mit ihren Händen gestikulierte, seit sie wusste, dass Nancy in Orléans auf der Wache saß, weil sie in einem gestohlenen Wagen erwischt worden war.

Ich machte die Sache dingfest:

«Ich ruf Sandra an, die wartet in zehn Minuten am U-Bahnhof Barbès auf dich, o. k.? Dann ruft ihr mich an und ich komm mit Alice runter.»

«Alice kommt auch mit?»

«Die Kleine ist nicht von mir anerkannt worden, deshalb muss die Mutter dabei sein, sonst kommt sie nicht raus.»

Und etwas leiser fügte ich noch hinzu:

«Aber eins will ich dir sagen: Auf sie könnten wir auch gut verzichten.»

° ° °

Auf der Autobahn, früh am Morgen. Thierry schien da was gutmachen zu wollen. Als Entschädigung für all die Male, wo er mich im Stich gelassen hat. Er fuhr wie ein Wahnsinniger. Wir erinnerten uns an alle Polizeiverwahrungen, die wir zusammen erlebt hatten. Alice versuchte uns das Leben schwer zu machen:

«Man könnte fast meinen, du seist auch noch stolz auf sie.»

Sandra versuchte sie zu beruhigen:

«Sie ist in Sicherheit, das ist doch wohl das Einzige, was zählt, oder ...? Das ist doch nichts Schlimmes, in ihrem Alter. Sie weiß noch nicht, was sie da tut ... Da darf man bitte bloß nicht dramatisieren.»

Aber es stimmte, dass wir stolz auf sie waren, dass sie ihren Weg als kleine Harte machte. Dass sie zur Polizei ging, um da zu lernen, wie man lügt und nach Ausflüchten sucht. Bloß früh ein gesundes Misstrauen gegenüber den Behörden entwickeln. Sie schweigend verachten, zu Boden blicken und dabei die Wut herunterschlucken. Das musste sie lernen, dass man eingesperrt werden konnte, aussondiert, ungerecht bestraft. Jederzeit und durch egal was für Spinner. Nummerierbar, dem Zugriff durch die Behörden ständig ausgesetzt. In so einer Scheißwelt lebten wir nun einmal. Ich war nicht gerade glücklich deswegen, doch es stimmte, ich war stolz darauf, dass aus ihr kein schlappes Mäuschen wurde, gängigste Sorte. Sie sollte ruhig mitbekommen, wie die das schaffen, dass alles beim Alten bleibt. Was das für Methoden sind, auf die da zurückgegriffen wird, damit diese gute alte Welt bleibt, was sie ist.

Ich war voll gut drauf. Glücklich darüber, in einem Auto zu sitzen, das wie ein Rennwagen dahinschoss. Glücklich darüber, dass meine Tochter gesund war. Glücklich darüber, Thierry und Sandra neben mir zu haben, dass das Ereignis auf uns alle die gleiche Wirkung hatte: Es erinnerte uns an unsere missratenen Teenagerjahre. Wie blöd wir gegen Mauern gerast waren, uns immer wieder aufrappelten und uns nicht schockieren ließen.

Alice verfluchte uns. Wir lehnten uns jedes Mal alle drei geschlossen gegen sie auf, wenn sie auch nur versuchte, den Mund aufzumachen. Aber irgendwie gehörte sie auch zu dieser Gruppe idiotischer Erwachsener, die alle planlos durchs Leben liefen, von ein paar dummen Kinderstreichen aus dem Bett geworfen.

° ° °

Es haute mich um, wie ich sie rauskommen sah. Ihren Auslieferungsbefehl in der Hand, ihre Schnürsenkelchen, ihr Bündelchen persönlicher Gegenstände. Wie sie gesenkten Hauptes auf uns zukam, wie eine Verurteilte auf dem Weg zum elektrischen Stuhl.

Eigentlich bin ich erst in jener Nacht wirklich ihr Vater geworden. Die Unruhe und danach die Erleichterung hatten mir in der Seele eine Stelle freigebohrt, an der Platz für eine Liebe war, die anders als alle anderen war. Eine Liebe von unvergleichlicher Kraft, eine durch nichts zu erstickende Glut.

Alice trug ihr Gesicht der Schwerkranken zur Schau, sie war einfach göttlich in der Rolle. Sie schmückte sich mit ihrem würdevollen Schmerz und sah Nancy sehr vorwurfsvoll und erschrocken an. Die beiden blieben kurz voreinander stehen, dann blickte die Kleine zu mir hin und ich breitete die Arme aus. Ich drückte sie schweigend an mich, gerade so, wie ich das bei jeder Freundin in der gleichen Situation getan hätte. Was ich sehr gut verstand, wenn es Leuten zustieß, die mir nahe standen, warum sollte ich es nicht auch verstehen, wenn es ihr zustieß? Nur um von diesem blöden Recht Gebrauch zu machen, sie anzuschnauzen und sich wie ein Stück Scheiße fühlen zu lassen?

In meinem Geist wurde eine idiotische Predigt abgespult:

«Wenn das nun mal dein Weg ist … Was soll ich denn dir da noch sagen? Deshalb werd ich dich ganz bestimmt nicht weniger lieb haben. Auch mein Weg hat mich da einmal hingeführt, und jetzt steh ich auf der anderen Seite. Ich bin am Boden gekrochen, ich hab mir die Schnauze so lange am Boden gerieben, bis sie ganz zerschunden war. Ich bin gegen Wände geknallt, doch ich hab's geschafft, ich bin jetzt auf der anderen Seite ...»

Es gab wenigstens eine Sache, die ich wirklich konnte, wenigstens eine einzige Sache, die ich vernünftig hinbekam, weil mich das Leben darauf genügend vorbereitet hatte: Ich verstand es, die Leute an mich zu drücken, wenn sie in Not waren. So zu tun, als hätte ich keine Angst, wenn alles zusammenbricht. Als sei überhaupt nichts dabei, einfach fest daran glauben, wir kämen da schon wieder raus.

○ ○ ○

Auf der Rückfahrt wurde kein Wort gesprochen. Nancy musste ihren Freund hinter sich zurücklassen. Er hatte am Steuer gesessen, hatte alles auf sich genommen. Oder besser gesagt, man hatte ihm alles in die Schuhe geschoben. Allein Alice war dumm genug zu glauben, sie würde nicht wieder sofort zu ihm rennen, sobald er wieder draußen war. Allein Alice schmiedete Pläne, Nancy irgendwo in ein Internat oder so was zu stecken, sie mit heftigen Stiefeltritten wieder auf den rechten Weg zurückzubringen. Wir drei anderen Erwachsenen, wir hielten einfach nur die Klappe und versuchten, Nancy, so gut es eben ging, spüren zu lassen, dass wir nicht sauer auf sie waren, sondern einfach nur Angst um sie gehabt hatten. Und dass wir immer für sie da wären.

Thierry hat uns alle drei bei Alice abgesetzt. Dort trödelten wir eine Weile rum, tranken Kaffee und sahen nebenbei fern. Nancy war verstummt. Sie hatte mir nur kurz zugeflüstert, sie bitte nicht allein zu lassen mit ihrer Mama. Sie schämte sich, und so kam das halt bei ihr zum Ausdruck. So ruhig hatte ich sie noch nie erlebt.

Ich ging einmal nachsehen, was denn Alice wohl so trieb. Sie stand in der Küche, sah aus dem Fenster und ließ die Arme baumeln. Sie wandte mir ihr ausdrucksloses Gesicht zu, als sie mich reinkommen hörte und murmelte mit bedrückter Stimme:

«Ich bedauere es sehr, dass ich dich aufgesucht habe, um dir zu sagen, wer sie ist. Auch du wirst sie nicht davon abhalten können, Unfug zu begehen, sie daran hindern, mich zu zerstören. Aber mich hinderst du daran, mit ihr so zu verfahren, wie ich das gerne will. Jetzt werde ich von zwei Seiten blockiert: Ich muss mich einerseits ihrem und andererseits deinem Urteil stellen. Ich fühle mich wie in der Kneifzange. Es wäre mir lieber, du wärst nicht dabei.»

«Was würdest du denn dann so großartig anders machen?»

«Ich würde sie einsperren lassen. Denn genau darauf ist sie ja aus, sie will festgesetzt werden. Ich würde sie in eine Klinik sperren. Denn schließlich muss sie behandelt werden. Doch ich gehe mal eher davon aus, dass du damit nicht einverstanden bist, oder?»

Ich wagte es nicht, ihr zu antworten, hatte Angst, sie würde dann vollständig ausrasten und alles nur noch schlimmer machen. Also schluckte ich meine Antwort runter, sagte ihr nicht: «Geh mal lieber selbst in Behandlung.» Alice wurde ganz angespannt:

«Du musst dich ja schließlich nicht weiterhin tagtäglich mit ihr befassen. Und du zuckst auch nicht zusammen, wenn das Telefon klingelt, weil sie womöglich schon wieder etwas ausgefressen hat. Immer wenn ich meinen Schlüssel in das verdammte Schloss zu dieser Wohnung stecke, spannt sich mir der Rücken und ich habe Angst, was ich nun wohl wieder vorfinden werde ... Jetzt werde ich auch jedes Mal Angst haben müssen, dass sie vielleicht einfach gar nicht da sein wird.»

«Wenn du willst, nehme ich sie zu mir. So die ganze Woche über und all das ... Es würde mich freuen, sie bei mir zu haben.»

Die Mutter schnellte augenblicklich hoch, ich dachte, jetzt würde sie mich anschnauzen, doch in ihren Augen war deutlich zu lesen, wie sehr sie sich für meinen Vorschlag interessierte.

«Das meinst du doch wohl nicht ernst, oder?»

«Doch, durchaus ... Weißt du, man kann ja nicht gerade behaupten, ich hätte viel Wichtigeres zu tun.»

«Aber, bei deinem Lebensstil ...»

«Ich krieg das schon irgendwie hin.»

Was ich da soeben vorgeschlagen hatte, machte mir plötzlich selbst Angst.

Alice schien die erhaltene Information nur erst einmal lose im Hinterkopf zu behalten. Sie war noch hin und her gerissen zwischen Ärger, tatsächlichem Interesse an meinem Vorschlag, aber auch Misstrauen.

Ich ging mich wieder neben Sandra setzen, hätte supergern zwei

Lexomil geschluckt, doch ich hatte wahnsinnige Angst, dann wie ein Irrer zu schnarchen, während die Mutter die Tochter einsperren ließ. Nancy saß ganz dicht bei uns, ohne ein Wort zu sagen, überrascht und erleichtert, nicht sogleich angegriffen zu werden. Man müsste dringend mal mit ihr reden, ganz ernst, gleich morgen ... Schon bei dem Gedanken daran war ich erschöpft.

Uns allen fielen schon fast die Augen zu, auf dem Sofa. Ich meinte zu Sandra:

«Es könnte ja sein, dass da jemand auf dich wartet. Geh ruhig hin, wir kommen schon klar ...»

«Nein, nein, da wartet keiner mehr auf mich.»

Ich sah sie schräg an, sie kratzte sich die Augenbrauen, ihr Mund stand leicht offen und sie starrte durch das Fenster auf die Dächer von Paris. Sie zog die Nase hoch, und da sie spürte, dass ich auf genauere Auskünfte wartete, sagte sie mit fester Stimme:

«Der ist mir gestern Abend echt zu sehr auf den Geist gegangen. Also, eigentlich ist der ja doch 'ne Spur zu albern.»

Das zu hören entspannte mich sehr. Am Ende kam dann doch immer alles ganz gut hin.

Das Telefon klingelte. Wir hörten, wie Alice mit verschlafener Stimme «Wovon sprichst du überhaupt?» fragte. Dann hatte sie aber so langsam ihre Sinne wieder beisammen und rief: «Das World Trade Center?» Sie faselte noch ein paar Minuten dummes Zeugs und legte dann überstürzt den Hörer auf. Sie kam wieder ins Wohnzimmer zurück, noch bleicher als zuvor. Ich dachte erst, sie habe nun wohl auch noch geschäftlichen Ärger bekommen. Sie schaltete den Fernseher ein.

Da musste man nicht erst lange nach dem richtigen Kanal suchen oder so, der erste Turm stand hell in Flammen. Alle stießen gellende Schreie aus, als der zweite Turm getroffen wurde. Man hätte das echt auch für einen Gag halten können. Ein Typ stand mit seinem Mikro ganz im Vordergrund und fragte sich, was hier wohl passiert sein könnte, und noch während er sprach, da machte es auf einmal krachbum! in den zweiten Turm hinein, und just in diesem Moment hatte sich etwas verändert.

Dann fielen die beiden Türme in sich zusammen. Vor unseren Augen.

Alice schluchzte ohne jede Zurückhaltung. Ihre ganze Welt brach da zusammen, und zwar dieses Mal weithin deutlich sichtbar. Nancy legte ihr den Arm um die Schulter, sie schien auch ergriffen zu sein, doch weniger drastisch. Sie war vor allem sehr daran gewöhnt, mit ansehen zu müssen, wie die Alten die Welt nicht ertragen konnten.

Sandra legte ihre Hand auf meine und drückte sie fest. Wir dachten beide das Gleiche. Auch wenn es jetzt nicht der richtige Moment war, darüber zu sprechen, hier in diesem Hause noch eins draufzusetzen. Wir hatten Angst vor dem, was uns da bevorstand, entsetzliche, panische Angst. Doch wir waren beide in erster Linie froh, dass diese alte Welt zusammenbrach, krepierte. Nichts war schließlich schlimmer als die momentane Art von Frieden.

Wir konnten nicht mehr. Überall diese einen schier erstickende Luft. Und wir gaben alle bloß lächerliche Figuren ab. Ein jeder posaunte in seiner Ecke vor sich hin: «Ich kann da auch nichts für, mein Vorgesetzter will das so.» Oder, weiter oben: «Ich kann da auch nichts für, das System ist nun einmal so.» Das war zu perfekt durchorganisiert, sich selbst regelnde Mechanismen auf allen Ebenen. Das Regime des Schreckens. Ein unglaublich gut bewachtes Gefängnis, denn wir selbst sperrten uns ein und brauchten noch nicht einmal mehr überwacht zu werden. Ein Siegel aus Blei auf jedes Fünkchen Hoffnung.

Wir lebten ständig mit der Angst im Nacken. Wir hatten uns einreden lassen, es sei eh alles unmöglich, jeder Gedanke an eine Änderung überflüssig. Wir waren total verzweifelt, leer. Ein Siegel aus Blei auf jedes Fünkchen Hoffnung.

Ich sah, wie Nancy ihre Mutter fest umschlungen hielt, sie in ihren Armen wiegte. Es machte mir keine Angst mehr, dass sie bei mir wohnen würde. Ich hatte keine Angst, mit Sandra nach Hause zu gehen und endlich mit ihr zu tun, was nahe liegend war. Ich gehörte zu den schlecht angepassten Leuten, die paradoxerweise ausgerechnet mitten im Chaos endlich wieder richtig zu ticken begannen.

Alles war soeben zerstört worden. Ich sah zu Nancy hinüber und es tat mir für sie Leid. Eine aus den Fugen geratene Welt für unsere Kinder … Reicheleutekinder, die sich gegenseitig die Köpfe einschlagen, unter ihrer Wut alles begraben.

Nancy starrte angespannt auf den Bildschirm. Sie war beeindruckt. Endlich einmal voll konzentriert. Und dann öffnete sie wieder ihren Mund, musste unbedingt was loswerden:

«Scheiße, da passiert endlich mal was, und ich bin nicht dabei …»

In diesem Moment war es spielend einfach, sich vorzustellen, es gäbe Krieg. Das brodelte schon so lange, Risse waren zu sehen, dann und wann gab es einen Knall. Man sah das ganz klar vor sich. Bilder von Schutt und Rauch. Leute, die sich im Hinterhalt verbargen. Blutige Ahndung der Verbrechen und rasant zunehmendes Chaos. Und die Welt, die wir hinter uns zurückließen, die würde später die aus den Vorkriegsjahren gewesen sein, und wir alle könnten es uns dann nur noch schwer vorstellen, dass wir das noch miterlebt hatten. Und dieser Gedanke ließ einen aufjubeln, machte einem aber auch wahnsinnige Angst. Ich streckte meine Hand aus. Ohne wirklich dabei hinzusehen, streckte ich sie Nancy hin.

Ich malte mir aus, was das für ein Chaos sein würde, nicht von ihrer Seite zu weichen, bis sie zwanzig sein würde. Wie viele schlaflose Nächte das bedeuten würde, schräge Abenteuer, die es zu bestehen galt, ungute Bekanntschaften, Lügen, Zweifel und jede Menge Stress.

«Verdammt, ich bin echt saufroh, dass es dich gibt, weißt du das?»

Das bisschen, das man hat, das sich wirklich lohnt, das muss man schnellstens in vollen Zügen genießen und darf sich dabei bloß nicht übers Ohr hauen lassen.